静かな生活

# 靜靜的生活

## 大江健三郎

張秀琪 譯

contents

# 目錄


| | |
|---|---|
| 靜靜的生活 | 005 |
| 行星的棄子 | 031 |
| 潛行者 | 081 |
| 自動人偶的惡夢 | 105 |
| 小說的哀傷 | 153 |
| 家庭日記 | 199 |

# 靜靜的生活

那一年，父親被邀請到加州大學擔任駐校作家，母親也因故一同前往。出發前夕，家人雖然仍圍桌而坐，但晚餐的氣氛卻迴異尋常。即便在這樣的時刻，父親仍一如以往，把家人間的重要大事編派成玩笑話來談。而那晚揶揄的話題，竟是我的婚姻大事，儘管我才剛剛成年。對於旁人的發言，縱使是以我為中心的話題，我向來也只是傾聽而已。這半是兒時以來養成的性格，半是現在的習慣使然。父親顯得心情暢快，再加上一杯純麥啤酒下肚，便毫不遲疑地衝口而出：

「不管怎樣，至少提示一下妳的底限吧！」

一開始原就不預期得到什麼好答案的父親，說完便趕緊抿嘴、笑瞇瞇地盯著我瞧。突然間，我想試著將腦中若隱若現的想法一吐為快，接著便聽見自己的聲音以奇怪的語調斬釘截鐵地響著……。

「因為要和ＩＹＯＯ住在一起，所以要嫁人的話，對方至少要有二房一廳的公寓！在那兒，我想過著靜靜的生活。」

接著就閉口不語了，因為我知道父母親都受到了震驚。先是兩人都想把我說的話當做是幼稚滑稽的傻念頭似的，用笑聲掩飾過去。用這樣的方式展開家人間的對話，也一直是父親所拿手的。哥哥的名字叫做ＩＹＯＯ，比我年長四歲，他在福利工作中心上班，那是一個專門聘僱智障者的機構。如果這樣的人物和新婚妻子一起搬來同住的話，年輕的丈夫會以什麼樣心情前來迎娶呢？即使在婚禮前先告知對方，他是否會不知所措甚或感到不可思議，而置若罔聞呢？而且在新婚的頭一天，大男人模樣的大舅子突然出現在他所擁有的二房一廳裡，這位從未有此經驗的年輕人，將會多麼地吃驚？

我在父母親裝做插科打諢的話語之下，感到了某種意圖的氛圍而緊張了起來，便一直垂伏著臉。對我而言，即使聽起來不合常理，但是一言既出，便是千金之諾。這時，我已無法就此沉默，便又接著續道：

「對啊！你們一直都說我是個不懂幽默的人，我就是這樣呀！」爸爸或許另有弦外之音……總之，我就是這樣想的。說到嫁人，當然沒有具體的「目標」呀！即使是做假設，不論以怎樣的方式開始，結果總是死路一條。那時，確實是這麼認為的。

直到現在，他們還是覺得我的想法很滑稽，……雖然我覺得不會有人可以同時接納我和IYOO。……但是，爸媽也並未告訴我步出死胡同的實際方法，不是嗎？

那天，我所說的話，僅止如此。當然，我很清楚那是意猶未盡的。從小我就養成了習慣，當母親在臥房化妝時，便繞著她前前後後地說東道西。利用這個機會，翌晨我又繼續昨晚的話題。套一句弟弟小OO的口頭禪，大體上，先盤算一下嘛！但正確的說法毋寧是，有意無意地讓自己先有個心理準備……

昨天的那番話，讓我對自己感到失望，比什麼都不說還更糟。回到寢室後，輾轉難眠，思緒浮浮泛泛，或許神經倦乏了，恍惚作著可怕的夢，夢見在寂寥空曠之處，獨自佇立。雖然如此，卻還混淆糾纏著殘存的、清醒的現實意識。某種悲淒、遙遠的氣氛中，我駭然凝立——然而卻很清楚自己的身軀是橫躺在床上的。

半夢半醒之際，在我的斜後方，我知道還有一個和我同樣心情的人杵在那兒。不必回首，我也知道那是「未來的ＩＹＯＯ」。應該立即從斜後方踏步出來的「未來的ＩＹＯＯ」竟是伴娘，如果那樣的話，我就是新娘囉！隆重端莊地穿著新娘禮服的我，以「未來的ＩＹＯＯ」為伴娘，一點也想像不出新郎的模樣，佇立在寂寥空曠之處，一片日暮黃昏的廣袤原野。竟做著這樣的夢……

夜深人靜，清醒地回憶著夢境，復燃起夢中無比不安、寂寥的心情，再也無法躺在闇暗中的床上。登上樓梯，為使哥哥如廁時不致跌倒的常夜燈點亮著，門露出一絲狹縫，我進到他的寢室。像兒時的習慣那樣，我順手拿起抱舊了的毛毯覆在膝上，呆坐在ＩＹＯＯ的床沿，聽著超過人類肺部規模的鼾聲。將近一小時之後，哥哥在暗翳中下床，迅速往洗手間的方向走去。哥哥完全無視於我的存在，又令我重新跌入更孤獨的心境。

但是一如往常排尿時發出巨響的ＩＹＯＯ回來之後，就像隻大狗用頭和鼻尖碰觸主人般地，屈著腿和身體坐在我的旁邊，將額頭抵在我肩上，似乎打算就這麼睡去。霎時，我的心情又變得幸福起來。過了許久，哥哥用像是通曉事理的大人忍俊住好奇的口吻，但聲音卻是澄澈柔軟的童音說：「小ＭＡ，怎麼了？」我徹底恢復了精神，把ＩＹＯＯ安頓上床，回到自己的房間。

因為秋季學期即將開始，明天就是父親和母親出發的夏末時日了。在堆負沉重的行李旁，父親坐在長椅上看報紙，不是對著在廚房做事的母親、也不是對著我，倒像是想煩了喃喃自語：

「一定要讓ＩＹＯＯ再運動不可！游泳也許不錯哪！」

如果哥哥像平日作曲時那樣，就趴在父親身旁的草蓆墊上的話，應當會擺出像是思考著如何寫下一個音符的樣子，說：「運動嗎？游泳的話，我可拿手哩！」那類想引起大家發笑的回答。

父親的話在當時並未像棒喝或什麼的在我內心引起騷動。哥哥總是幽默地——未必沒有自覺地——在家人間負起甘草的責任。

但是，父親唐突地說出運動的事時，ＩＹＯＯ並不在旁邊。我想是上午我送哥哥去福利工作中心，回來用過早餐後幫忙整理家務時，晚起的父親閱覽早報時說過的話。正如同我剛才所說的，像是某種異物騷然地堵塞胸口的感覺。接著，父親上樓到書房。就在我打掃起居室時，看見攤開的早報上一則弱智青年襲擊森林小學女學生的傷害事件報導，起因——被認為是——性動機。

那時，我心中湧起他媽的、他媽的攻擊性情緒，與其說是突如其來的爆發，不如說是積醞胸中已久。坦白說，最近我經常說他媽的、他媽的！這種被ＩＹＯＯ訓斥為粗話的字眼。包括這一天早報的報導在內，精神殘障者在性方面「擦槍走火」之類的文字，近來變得非常惹人注目，報社還舉辦了社會福利活動，但是背後隱藏的意圖不言而喻，我甚至和母親商量過，是不是要改訂別家報紙。但是，今天父親對該報防止智障青年性暴力的活動——還當作真是慈善活動——的反應，竟是這般地坦率而毫不掩飾，還在隻字未提原來的報導時，就說出哥哥有必要運動的話，這令我反感，心裡很是抑鬱。

ＩＹＯＯ的確是到了性成熟的年齡。我自己在上下學途中，或大學校園內，也見過許多二十出頭、和ＩＹＯＯ同年但健康正常的男孩子們，他們對於任何影射性的事，確實大多會表現得蠢蠢欲動——當然並非全都如此，特別是義工活動的朋友就完全不會給人這種感覺。然而，報導這類內容的週刊雜誌廣告在電車的車廂廣告中無所不在。

然而，如果父親抱持這種大眾的成見、以新聞記者般的觸角去感覺，而擔心ＩＹＯＯ會「擦槍走火」，因此想以做運動來當作對策（!?）的話，不正反映出父親看不清事實、而顯露出其「通俗性」的一面嗎？我想那正是引起我反感的原因了。

其實，在福利工作中心也曾傳出多起近似「擦槍走火」的事件，事實上，就我從接孩子下班那一群媽媽的談話中，所聽到的內容比起健康正常年輕人的蠢蠢欲動，不過是非常撙節保守的、甚至是可憐的「擦槍走火」罷了。我只在席間的一隅靜靜地聽他們談論，但是胸中卻連連「他媽的、他媽的！」聲音大作……會湧起這樣的字眼是任誰也想不到的吧！工廠裡根本連值得報警的事件都未曾發生過！

ＩＹＯＯ上班之初，由母親接送，我只是跟班。記憶中，福利工作中心四周原本都是空地。但是現在外觀漂亮的木造公寓已如雨後春筍般櫛比鱗次，甚至多到望不見轉角的程度。如果有什麼事發生的話，新的居民甚至會發動反對福利工作中心的運動吧！

今年初春，一個強風的日子，甲州街道的交通量異於平日地壅塞。送哥哥去工作中心返程時，從甲州街道轉入一條岔路，路邊是中古車賣場的圍牆。我們看見了一個男孩，比對福利工作中心當天請假缺席和出席人員表，這孩子應該不是哥哥工作中心裡的朋友，不過看起來確實像是個智障的男孩，從雪白而漂亮的屁股到膝後，全都暴露了出來，一邊凝視著圍牆對面骯髒的汽車，一邊撫摸著性器官。同行的母親中，一位具領導性格、言行十分果斷的Ａ太太，大聲地說：「噯呀！噯呀！小ＭＡ過來這邊，我和Ｍ太太先走！」她以奇怪的措詞制止我，然後挨近那孩子。

碰巧有三個同行的女人路過對面馬路的車道，作勢要衝過去責備男孩子的行為。Ａ太太很快地替男孩子拉起褲子，讓他把丟在一旁的登山背包重新背好，接著確認了這孩子上學的方向，乾淨俐落地進行送走孩子的每一步驟，以致這三個停下腳步的女人甚至連發句牢騷的空檔都沒有，只能示威式地回頭頻看，然後離去。

我重新追趕上她們，走向車站時，Ａ太太說：「如果沒有附近看熱鬧的太太的話，如果不必擔心她們會錯認是我們工作中心的孩子的話，我就乾脆讓他在那兒玩個痛快了！」

這回是Ｍ太太因為仍顧慮到我，還：「噯呀！噯呀！」地說著，但我毋寧是贊成Ａ太太的，那個「他媽的、他媽的！」又在心裡咕嚷著。對於自己竟漲紅了臉，淚水噙眶，別人自然以為我覺得很低級什麼的，真討厭……

我並無意批評這個男孩子，但至少家人並未見過ＩＹＯＯ有類似的行為。即使在我們不知道的地方，這樣的事情也還不曾發生過。說實在的，我覺得今後也不會發生。

這未必不讓我感到安心，甚或喜悅，雖然不能說沒有更複雜的心情……

關於ＩＹＯＯ的性格，基本上是過於認真的，對於太過分的性惡作劇會表現出抗拒的反應。相對於父親喜歡揶揄這種事的態度——根據母親的說法，他學生時代完全不是這樣子的，父親則說這是自力開發出來的第二天性——哥哥反而一本正經到了嚴苛的程度。講到這裡，哥哥對於家裡常用的「ＫＩＮ」[1]這樣的字眼，雖然感到厭惡，但不也以意志力在強自忍耐嗎？

「ＫＩＮ」。父親發明了這種說詞，當做可以立刻轉化為戲謔笑話的性用語。這種不會出現在字典上的用法，連我也能夠了解。父親甚至把它當做萬用語彙來使用。……我想站在父親的立場來說，倘若發生ＩＹＯＯ自己難以應付的性方面不適當狀況，可以用玩笑的愉快口吻來處理，因此是有必要的。

我記起ＩＹＯＯ還在養護學校高等部時的事：像往常一樣任意地躺在草蓆墊上，一邊作曲一邊聽著ＦＭ廣播的哥哥，忽然改變身體朝向，接著出現腰部後拉，窘促、笨拙的，用英文單字來形容的話就是awkward的姿勢。父親發現了之後，刻意地——以

1 只是一個發音，意指ＩＹＯＯ的陰莖。

我可以聽得到的方式——大聲喊叫「ＩＹＯＯ，『ＫＩＮ』伸出來了，好！我們到洗手間去！」

接著，ＩＹＯＯ走路的樣子就像醫院裡經常可見下腹部異常的婦女走路那般，邁向洗手間。莫非是伸長的「ＫＩＮ」碰觸內褲時會疼痛？雖曾想幫忙，但這時的哥哥極具防禦性，拒絕我們插手，所以也無可奈何。關於這一點，連母親都毫無辦法。

雖然如此，那段期間，我們也曾和ＩＹＯＯ伸長了的「ＫＩＮ」面對面。哥哥自幼時以來就一直是包著尿布上床。那時，一般商家賣的塑膠尿布尺寸已不敷使用，每當家人去市中心，父母親都會留心環視百貨公司雜貨賣場的攤位。然而養護學校的老師則建議應當治療夜尿症：午夜十一點到十二點之間，叫哥哥起床並帶著他上廁所。平常都是母親，或父親負起這個責任，但偶爾父親要到各地去旅行，而母親太倦累無法起床時，正準備高中聯考的我，便接下帶哥哥上廁所的責任。

寢室的燈一亮，ＩＹＯＯ雖然敏感地睜開眼睛，卻不會自發性地起床，高高地將棉被隆起，讓人以為是頭熊橫臥著。首先要掀開他的被子，然後要從魁梧且睡成大字形的哥哥身上褪下睡褲，並非易事，不過這時，咚地橫倒下來的哥哥，卻總會為了讓褲子順利褪下給予我微妙的協助。

如果尿布未濕的話，為了如廁後繼續使用，就必須小心摺疊，不讓它變形以免剝離黏附的膠帶。如果已經尿濕了，雖然靠溫暖的濕氣就能立即察覺，一旦發現時，倒有些喜悅感覺，就像狩獵時捕獲獵物似的。

不過，這時就會有個問題：黏附的膠帶撕到一半，尿布順勢挪開時，「ＫＩＮ」便會從內側跳出來。下半身一袒露出來，ＩＹＯＯ就會自己起床站在地板上，已不需要我費事。但ＩＹＯＯ有時如同巨獸一般，且口中會發出像是金屬化合時泡沫的氣味，那種無論多少次也無法習慣的惡臭。這不僅和哥哥白天的氣息完全不同，而且和發作時的口臭也不一樣……。

要克服ＩＹＯＯ夜尿症的建議提出半年後，一位熱心的男老師在養護學校宿舍的住宿訓練中，曾一度把ＩＹＯＯ治癒了。從那之後，我想家裡沒有任何人再見過哥哥的「ＫＩＮ」像美杜莎頭上的蛇一般竄起的光景。雖然是在改變之後許久才注意到，但感覺上像是已經好幾年沒看見過哥哥再做出awkward的姿勢了。再者，儘管ＩＹＯＯ的性格嚴肅，但他並不是會意識到家人眼光而刻意隱瞞這種事的人。果真如此，是不是「ＫＩＮ」不再伸長了呢？

我和母親提及此事，她只以低沉的語調回答：「也許這樣的時期已經過去了呀！青春真是短促哪！」父親在起居室聽見了我們在廚房的對談，便說：「總之也不是壞事，終於可以安心了。」他這種說詞令我反感。

「這對ＩＹＯＯ來說，是好是壞還不知道哩！」我在心裡反駁。的確，如此一來我想他不會做出類似那男孩子的動作，但這也是我們不會知道的事，只是覺得不會，我卻不認為從此就可以安心了。真是他媽的、他媽的！……

父母親從成田機場出發後的第一週，雖然事先已做過種種心理準備，但是仍發生了出乎意料且令人手忙腳亂的事。由於夜裡只睡四、五個小時，於是白天趁著事情的空檔常常上床睡覺，整天昏昏沉沉。不過，母親出發前曾約定了一天要記錄兩次「家庭日記」，事實上也發生了一些值得一寫的事。

生活毋寧是紛亂且忙碌不堪的，但不也感到寂寞、不安嗎？其中有兩件事，或者說兩個人的事，隱隱地令我放心不下。彷彿是肉體方面的問題，感覺上就像懸垂在胃的正上方。這是過去兩位被毛躁的我稱之為「狂熱信徒」的人所引起的事件。通常，父親對於我這樣的稱呼感到為難卻沉默不語，只有母親要我注意在他人面前不要如此無禮。

大約從去年底開始，每週一次有人會送東西到家門口來，但我從未見過他們本人。

因為他們這樣的舉動，所以我用「狂熱信徒」稱呼他們。兩個當中的一個——如同某位經常垂著雙眼，有時甚至會走近我位子，陰森而鬱鬱寡歡的同學——會送花束來，不是花店包裝好販賣的那種常見種類，而是一種特別的小花紮成的花束。另一位則送來原本裝清酒的二合瓶，瓶裡裝了水還塞上軟木塞。這個人只是將瓶子放在磚牆上便回去了。不過，有一次當我去收取歲末的快遞時，正巧和他相遇。個頭高大、肌肉發達，看來像一位苦行僧，寬廣的額頭下，有一雙分得太開，薄茶色，圓點似的眼睛。

先前的那位會按門鈴。把花束交給家裡的某個人然後離去。個子小，氣質像銀行職員或教師，花束上還附帶一封小信箋。雖然沒讀過信的內容，但是在印有公司名稱的信封上又寫下地址，似乎是比較正派的人。父母並未明白地說清楚，但多多少少在我的記憶中引起騷亂，這似乎發生在數年前。那是一件深夜的偶發事件，當時心思單純的我仍睡得香甜，全然沒有警覺，但是為了慎重起見，便試著問ＩＹＯＯ，他卻說：「啊！真是傷腦筋！警車一點聲音都沒有就來了！」如同往常，雖然有些離題，但回答似乎是確有其事。因此我又接著問：「究竟發生了什麼事？」「傷腦筋！傷腦筋！」他嚴肅地低垂俯首，似乎想迴避我的追問，我想也可能是父親要他保持緘默。

就我所知，這類拜訪者的出現之所以達到高峰，甚至還包括不斷增加的信件、電話，大概是因為電視轉播了父親在某女子大學的演講「無信仰者的祈禱」。身為因此而蒙受干擾的人來說，我覺得似乎沒有必要刻意地標榜自己是無信仰者。再者，既然說是無信仰者了，卻又提及祈禱的事，雖然並沒有針對誰說這些話，但不也很失禮嗎？如今木已成舟，父親多少該受到些輕罰，這也無可厚非。但家人顯然受到了打擾！我告訴母親，好像也向父親表白過。「狂熱信徒」的說法就在那時第一次從我口中說出。

實際上，父親對此輕罰也表現出忍耐的樣子，然而考慮到家裡該負責的人明明不在，卻仍有人前來拜訪的話，似乎對我太過意不去，於是寫了封信給送花束來的人，希望他停止拜訪。而後，小花束就沒有再送到家來。但是送水瓶的那個人就無法由我們這邊主動聯絡。出發前的那一週，父親一邊在起居室工作，一邊留意著大門口，如果對方來了的話，準備把信交給他。不過發現時已是週末的黃昏，只有水瓶擺在門邊。

因此，父母親出發前往加州之後，留下我擔心著如果偶然地在門口遇上送水瓶的人該怎麼辦。即使沒有遇上，光是發現水瓶也夠令人心情沉重的了。

父親所寫的信就這麼平躺在玄關的名片盤裡。我對於拆封閱讀他人的信，不論是誰寫的、給誰的，都不感興趣，所以儘管察覺了，卻也照舊擺著。父母親在大學的宿舍安頓後，打來的第一通電話中，父親顯得很掛心，他要母親轉達的便是，把信交給送水瓶的人。父親旋即接過電話說，因為信上寫明父親和母親將孩子們留在家中，將會在海外滯留許久，這說不定會更激發送水瓶人的使命感，想以自己信仰之力守護ＩＹＯＯ……，所以小ＭＡ不必太過神經質。聽起來像是安撫，卻讓我覺得是某種不負責任的託詞。

就這樣，送來的水瓶排放在儲藏室的一隅，因為母親擔心也許對方會想把瓶子要回去。以軟木塞封口的同型水瓶整齊劃一地羅列著。雖然是外行人的手工製品，看來也沒有經過高溫殺菌，但是把舊瓶子拿在手裡試著搖一搖，裡面的水似乎也沒有腐敗的跡象，這又讓我感到有什麼東西滯留在胃部正上方……。

父母親出發後的第十天，警車，和哥哥記憶中的不同，呼嘯而來。在離我家不遠的外圍處喧囂吵嚷。雖然我現在已經知道事故的內容了，但我還是一一按著發生的時間，把自己所感所想，回憶式地寫出來。關於水瓶人的事，也就接著這樣發生了。

警車的笛聲嗚嗚地從四面八方湧來時，令我震驚非常，以至於腦海裡一片空白，站起身來便籠罩在一陣陰雲裡，大概是貧血的緣故，在這之前又一直坐在餐桌上寫報告。之所以如此緊張，是因為正巧這時候哥哥外出去理髮。

通常，帶哥哥到位於車站前大路和巴士站交叉路口的理髮店，並預付理髮費，是我的工作，但長久以來都是在那兒理髮，所以整個過程ＩＹＯＯ自己已非常熟悉。每次剪完髮時，年輕的店東總是會問他：「不錯吧！不錯吧？」哥哥對此也覺得好玩。在回家的途中，也許是剛剪完頭髮，煥然一新，總喜歡慢慢地散步回家。年輕的女孩子坐在理髮廳的會客室內等候的感覺很奇怪，所以哥哥能夠獨自返家，對我來說也比較方便。

警車的警笛聲以各種方式不斷地重覆鳴響，我一方面徒勞無功地確定ＩＹＯＯ此時尚未回家——小ＯＯ到補習班去了——一方面懊惱著沒有養成陪著他直到剪完髮的習慣，以致造成無可挽回的後悔……

儘管如此，我還是讓自己振奮起來，穿上慢跑鞋跑出去。在哥哥回家途中應該會經過的第三個轉角，也就是連接家與理髮廳之間的動線稍微外側的方向，在那排空地、建築物、樹籬笆都保持原樣的房子的外圍，停著四輛警車。在還看得見人們臉上、脖子上冒著汗漬的夏末黃昏的光線中，附近的人們佇立在轉角的陰涼處，眺看著工作中的警察。

雖然我身體的重心已經往那個方向移動，但又迅急拉回衝出去的力量，站在離我最近穿著半長襯褲的老先生旁邊，胸口撲通撲通地跳著詢問他：「是車禍嗎？」回過頭來的老人容貌已沉暮老朽，臉上的神氣是劇情高潮迭起的電視連續劇中都可以看見的憂慮表情。在那兒，我隱約感覺到警察正在處理的事似乎隱含了比一般車禍有著更錯綜複雜的人際關係。老人臉上的皮膚因血色而浮現艷澤的紅潤，似乎是情緒激動而紅著臉，「不是車禍！」他憤慨地說。「好像是色狼，妳最好不要從這邊過去。」

我行了禮，使勁地將肩膀轉換方向，重新往哥哥回家應該會經過的路線跑去。一邊想著，「唉呀！是色狼！在這個國度中還沒聽說過有同性戀的色狼，那麼ＩＹＯＯ沒事、沒事！」一邊咀嚼著一下子漫溢心胸的安心感。但是到了理髮店一看，會客室和剪髮室裡面一位客人也沒有，店裡已經開始掃除工作。沒錯吧！小師傅拿著掃把抬起上半身，訝異地說道：「令弟很早就回去了呀！」經常有人弄錯關係，對我來說也不是稀奇的事了。

歸途上，我再次被新的恐怖想像攫獲。沒有同性戀色狼雖然是漫無根據的想法，但是難道不可能反而是ＩＹＯＯ去攻擊誰嗎？也許哥哥在一開始並無意侵犯，不過他對可愛小女孩親切的舉動，反倒令對方退怯……。再加上ＩＹＯＯ對叫聲或哭聲原本就很討厭……

哥哥平安無事地回到家裡，坐在起居室的沙發上查看晚報週刊的一週ＦＭ頻道節目表。我坐在哥哥旁邊，讓還在撲通撲通跳的胸口平靜下來。哥哥瞥了我一眼，大概有點莫名所以，但隨即沉默地以紅筆圈選著古典名曲。他剛剛剪短了髮的頭上以及襯衫肩上散發出一股來自茂密植物的青澀味道！當場我雖然完全地放了心，但實際上，從翌日起，我卻感到懊惱不已，青草的味道被鮮活地回憶了出來，便是最直接的證明。另外，這一天我關門出去時，又看見睽違已久——完全沒有懷念的意思——的水瓶又擺在磚牆上，我整個人都癱軟了。

翌日早報的地方版，報導了鎮上的色狼事件，一位小學女學童慘遭侵襲。雖然我迄今才知道，不過以同樣手法犯罪的色狼，從去年底就開始出沒了。結果昨天還是沒抓到他。經過了兩、三天，我在玄關和門口之間打掃，對面的太太正和經常一起到車站前購物的同年齡太太聊著天。因為我拿著短掃把彎著身子打掃，再加上門關著，兩個人站在稍低一階的步道上談話，應該不知道我的存在。

色狼埋伏在公寓旁的角落，一抓到女孩子便壓到樹籬笆的窪地，以單手強握住對方的雙手手腕，讓對方動彈不得，然後另一隻手從褲襠裡，把什麼弄在女孩的臉上，甚至也用了「顏面射精」這樣的字眼。又說如果有愛滋病的話多可怕呀、好像女孩子的臉上和著淚水都濕濡透了。女孩子怎麼都沒哭叫呢？好像一開始用力揍了她嚇壞了。這麼說來，在這之前，有人看見有個人一直站在竹籬笆邊，還看見了他的背影……

我掃著掃著，不得不掃到門的外側，一邊走出去一邊和她們點頭打招呼，太太們微微地笑著，很快地轉換到其他話題。在我打掃結束前，一位往家裡走去，一位騎著腳踏車，匆匆忙忙地消失了。

太太們的談話，使得我從色狼出現的隔天起就被懊惱所糾纏的心，更蒙上一層不祥的陰影。再加上我只是在門上探出小小的頭顱，就立刻使談話中斷，又說看見有人一直站在竹籬笆邊等等，都讓我的心情跌到谷底。就這樣一直懊惱著，我雖然覺得對哥哥很抱歉，不過還是做了個試驗：

前幾天，我和ＩＹＯＯ到車站前的咖啡店，我先到前面櫃檯付了帳，然後告訴ＩＹＯＯ，我想到超市買東西，要他喝完咖啡一個人先回去。接著，我躲到馬路對面，在細密的葉片都已縮萎變黃的槐樹蔭下窺視。哥哥寧靜而緊張的內心，不久即轉化為微笑的柔和表情，換言之，是表現出好心情時的哥哥的樣子。大概是因為接受了我特別的建議，可以一個人獨自行動而感到愉快吧！踱過大量車流的馬路時，小心翼翼地等待車子停下來的空檔，緩慢地，感覺就像很久以前的遊覽旅行，哥哥踱步過去。

如果ＩＹＯＯ走的是我們平常往返於車站前的交通路線，那麼我的懊惱不過是杞人憂天。現在，看著哥哥從以往的路線在轉角處轉了過去，我有種放心的感覺。但是，在往發生色狼騷擾地點的四個轉角上，哥哥繞了迂迴的小路，往對面南邊的方向行去。

而且與平日不同地，他似乎很確信自己的方向，振奮地拖拉著不良於行的那隻腳，持續地前進。接著，在一幢老房子前叢聚著杜鵑花的樹籬笆，哥哥右肩一使勁便鑽入夏日盛開之後凋零的花叢，隱藏著身影，佇立在那兒。

我心裡想，就算視線離開一分鐘都不行。附近並沒有行人，只看見從遠方連袂而來，兩個穿著制服的女學生，感覺像長尾鳥或烏鴉。我被我的懊惱壓得喘不過氣來，拚命地追趕過去，站在IYOO的旁邊，「你怎麼回事？怎麼回事啊？走錯路了啦！我們回家去吧！」顫危危地叫喊著……

接下來的十天，只要重讀「家庭日記」就知道了。這十天，雖然懊惱的大疙瘩也壓在心底，而且是既深刻又沉重，不過一旦過去了，懊惱的印記卻也不可思議地不留下一絲痕跡。再者，我從這持續十日的懊惱中掙扎存活下來，或多或少不也重塑了自我？因為我竟也做出了平日優柔寡斷、膽小退縮的我意想不到的行為：

發生問題的那一天，也像往常一樣並不涼快，西空微微的薄暮將停滯無風的大氣渲染得極美。出去拿晚報時，我看見門的磚牆上又擺著和以往同樣的水瓶。塞著軟木塞的下方狹窄水面，靜靜地反映著黃昏的暮靄，像是以透視鏡集中了所有黃昏的顏色般紅澄一片——令我覺得像是得意非凡而紅撲撲的臉孔——突然有個念頭赫地如腦充血一般：

如果現在就這麼退還，也許還追得上對方！我決定遵循這個念頭。

折回到玄關旁，隔著蕾絲邊的窗簾，確定了ＩＹＯＯ仍趴在草蓆墊上作曲，悄悄地關上門，把自行車推到大門。然後我把微溫的水瓶橫放在手把前面的鐵絲籃內——一騎出去，瓶子就開始轆轆地滾動起來——我往車站的方向快速地騎去。

很快地就騎到公車行經的那條馬路，雖然去步道那邊應該往南轉，但是到了有交通號誌的十字路口時，往左轉的話就到了車站前的大路，這時間交通會很壅塞，即使追上了送水瓶的人，因為只見過一次，所以也沒有把握是否一定認得出來。不如選擇從我家到公車行經的馬路，黃昏時幾乎沒有行人，而且南北並列的巷子可以一條條地騎，一旦遇上送水瓶的人，也許還能夠清楚地分辨……

當我還在無憂無慮的那個年紀時，曾在群馬縣的山中小屋度過夏天，父親說我像匹小馬似地到處亂跑。閒置良久的自行車實際上就像匹馬似地，顫動地搖晃著肩膀前進，先從公車馬路的第一條巷子往北騎，每遇到十字路口就仔細地查看兩側。就在騎到北邊盡頭，打算繞著ｎ字型往南騎下一條巷子的時候，我在一樣是老房子的修剪整齊、開滿枸骨木犀花的籬笆盡頭，和鄰戶修整得很差的檜葉籬笆交接處，看見大小兩個正在糾纏爭執的人影。

我又前進了五、六公尺之後，便緊緊地握住煞車。狀似爭吵糾結的兩個人影當中，其中一個是穿著這季節的深綠色雨衣的男人，這個人似乎是以單手強押著穿著淡粉紅色洋裝、小學高年級或中年級的小女孩，迫使她跪在岔開的兩腿之間。然後另一隻手則插在雨衣腹部的位置，前後劇烈地搖動……

剎那間，我所採取的行動，在後來我告知警察時，自己都還覺得很奇怪。我像小時候玩偵探遊戲一般，從自行車座墊上站起來，頭俯得低低的，牢實地踩著踏板，一邊鈴鈴地猛按車鈴，快速地穿過糾結著的兩人身旁。在那一瞬間，我斜眼偷看了穿雨衣的男人，而他薄茶色、圓點似的眼睛也正凝視著我。

就這樣，又前進了十五、六公尺，我從自行車上跳下來轉換方向，再度橫跨過座墊，單腳撐在地面上，筆直地面對那個男人。這期間，自行車的鈴聲還是鈴鈴地持續響著。男子停下了雨衣下那隻手的動作，抓住小女孩的那隻手似乎仍緊緊地箝住，像是汲汲於思考什麼，兩眼間隔太開的臉朝我這邊看過來。這時男子舉起從雨衣間騰空出來的手，對我做出像是驅散狗兒的動作。

我心中感到委屈，眼淚哇地奪眶而出，卻也用力地搖搖頭；同時我注意到修整得很差的籬笆對面的房子，整齊地切劃地皮所建造起來像箱子般建築物的二樓，一位年約三

十四、五歲的女人正好往下探頭。

「喂！喂！救命啊！救命啊！」我大叫著。那女人開窗發出很大的聲響，並且探出身來，往街上望去，然後才猛然地回頭，往自己的身後呼叫。

新情勢一轉，穿雨衣的男子放走小女孩。他的肩膀以奇怪的大角度傾斜，快步地往對面跑去。小女孩開始發出嗚嗚地哭泣聲，以膝蓋爬著，往我這邊逃來。我一直按著車鈴，騎過小女孩身旁，追蹤男子而去。至於我能做的，也只是當這心思細密的男子停下腳步，以圓點樣的眼睛直勾勾地瞪著我時，停下腳踏車，和他保持距離，回睨著他。那一瞬間，那男子就像「蝙蝠俠」似地旋舞起雨衣，氣勢凌人地往旁邊的小巷子疾奔……

這男子之所以被捕，是因為二樓女人的弟弟很快地騎出摩托車，且不是像我這樣單純地追逐，而是往巴士路那頭抄小路才逮住他。不過，我想能夠指認眼前這名臉色發青、汗水淋漓且喘息不止，卻裝做若無其事的男子就是剛才的那名色狼，也只有我而已。雖然我騎著腳踏車很慢才追趕上來，還一邊猛按著鈴聲。換言之，在此刻，我恰如其分地發揮了作用。

在警車抵達以前，這位身強力壯的摩托車青年和這一家的家長——那位太太則留下來安慰小被害者——從兩側確保男子無法逃脫。在這期間，雖然我很介意如今宛若得了熱病的鯰魚，有著茶色圓點樣眼睛的男子一直盯著我瞧，但是當警察問話時，據說這男子了解到自己已經被我牢牢地記住長相，所以絲毫沒有半點想要脫罪的意思。

他們似乎也談到，這男子還一直送水瓶到我家的事。聽到這兒，我發覺自己的裙子前面濕了一大片，覺得噁心，這時才注意到放在手把前面車籃裡的瓶塞已經掉了。

從翌日開始，我發起高燒，下不了床，IYOO從福利工作中心請了假，小OO則照料飲食。「大體上，是為了考慮營養的均衡。」雖是這樣說，也準備了一桌食物，不過全部都是超級市場特賣的速食食品，而他還一副經過精挑細選的樣子，實在是很奇怪。不過，發燒躺在床上的期間，心情感到輕鬆的大概就只有這個時候，此外，日夜都被鬱悶而恐懼的想法緊箍著。

為什麼送水瓶的人會是色狼呢？根據巡警的說法是；為了防止萬一有人問他為什麼走在這附近的街道時，便以送水瓶給貴宅做為遁辭，而任意選擇了出現在報上姓名的住宅。但是，我覺得不論是那男子強押著小女孩的期間、或是逃跑時、甚至是被逮捕時，他看著我的樣子，似乎都不像是一般的普通人。我感覺到，那才是對父親的祈禱抱持著關心的「狂熱信徒」的內心，從那茶色圓點的眼睛，示意給身為父親女兒的我。

一到夜深人靜，依舊無法成眠，照例半是夢的感覺，反覆想著可怕的事。雖然說是色狼什麼的，但應該不會永遠被拘禁吧！那男子一直凝視著我，必定記得我的長相，他會不會一從監獄裡出來就立刻到我家附近，躲在樹籬笆後伺機抓住我，以強大的力氣令我屈膝跪下？我會不會和那個被毆打而嚇得哭不出聲來的小女孩一樣絲毫無法反抗，然後他以裝在瓶子裡永遠都不會腐敗的水灌注我的眼睛鼻子……

終於退了燒，在秋意滿滿的日子，我和ＩＹＯＯ到車站前的超市購物，因為我的身體還很虛弱，所以兩個購物袋都由臂力強壯的ＩＹＯＯ拎著，在悠緩散步回家的途中，就在上次看見哥哥獨自佇立，往籬笆樹繁花叢生的住屋方向去的四個轉角上，哥哥像是自認為有必要為我開路的義務似地很快地往那兒轉過去。「怎麼了，ＩＹＯＯ？繞遠路了唷！」我小聲地說，同時也不違拗地跟著他走。依舊鑽進杜鵑花叢凹陷處的哥哥一副認真嚴肅的表情，專心地側耳傾聽。果然聽得見生澀的鋼琴練習聲。良久，ＩＹＯＯ回過頭來，露出安穩而滿足的表情——雖然是克歇爾目錄三一一號的鋼琴奏鳴曲，不過沒關係，因為之後便沒有困難之處了，完全沒有！

接著，我留意到自己也走出了糾纏良久的懊惱陰影。雖然有新的令人擔憂的事，但比起這分懊惱，似乎也算不了什麼……。

# 行星的棄子

自我懂事以來，父親經常獨自拜訪關心文學的人或相關的某地。多半是為了工作或研究，父親經常獨自拜訪關心文學的人或相關的某地。而母親和父親一起到國外居住八個月，把孩子們——也是家族成員的半數，年齡暫且不論，從父母的角度來看，孩子永遠只是孩子——留在這裡，倒是第一次。出現這樣的新局面，固然是父親的需求，不過似乎也是母親的意願。從母親的性格來剖析，一旦是她認為事關重大的，那麼就非如此做不可。因此，在細詢原因之前，我便先行告訴母親，IYOO可以由我來照顧。再者，小OO雖然要考試讀書，但可以藉此成為獨立自主的人。

不過，真正感受到承負的擔子沉重到多麼令人恐懼的程度，還是當我向父親的朋友重藤先生報告時，透過他的反應才知道的。從去年開始，重藤先生便教導哥哥作曲。

重藤先生的眼睛像漆上了釉彩般發出透明光亮，幾度悲傷地看著我。然後說：

「小MA也很辛苦呢！和IYOO在一起，許許多多的事要煩勞……」

重藤先生對我與其說是同情，不如說是替我的未來感到痛苦，雖然我的視線已經從重藤先生的身上移開，但仍能察覺到一直避免去預期的辛苦已閃入腦海。所謂辛苦，直截了當地說，就是：萬一哥哥發生意外。從父親所寫的文章中，重藤先生對我們的家庭也有某種程度上的了解，當他知道父母親把智障的孩子——誠如方才所言，從年齡上來說，雖然哥哥和我一樣，也是成人，而且能在福利工作中心好好地工作——連同弟妹一起棄置不顧、而滯留在美國時，他認為可能會受到社會道德的非難。再加上萬一IYOO有個什麼意外，光處理這件事，就夠辛苦的了！

說起這種辛苦，沒有人比母親更清楚。一旦她緘默不語，就表示她對這狀況已仔細思考過了。這樣的一位母親，決定將我們留在這裡而前往美國，毋庸贅言，必定有她的道理。出發前夕，我也曾就自己可能探究的範圍內，詢問母親下此決心的前因後果。

父親之所以要留在加州大學其中一個校園擔任駐校作家，主要的動機是出於UC有好幾個座談會要舉辦，會中有許多他所敬重的在英文系及歷史系任教的友人也將出席。但如果僅是如此，父親大可一個人前往，反正校園裡的學院宿舍也住慣了。

據母親寥寥數語的說明，是因為父親遇到了「困境」。父親自己也承認是從未有過的「困境」。

若說父親這時候有些許轉變，我想我也只是模糊地感覺到而已。因為我並非是那種一聽到什麼就立即受到震驚的人，往往良久之後，我才會慢慢思考，母親也曾事先告訴我，父親迄今已經歷過幾次「困境」，每一次都度過了難關。例如，閉居在群馬縣的山莊、到墨西哥大學輕鬆地工作。這時候父親主要的避難場所中必要之物便是樹林。母親意味深長、一邊微笑地說，「父親的避難所中所必要的樹林都是清晰可辨的。在北輕井澤有白樺、岳樺，在墨西哥市有九重葛、火焰樹，這一次的加州有槲樹和紅杉。因為父親從小成長於樹木滿布的山谷間，所以一遇到『困境』，便要回歸到有樹木的地方。」這引起了我的憐憫心。

這一次父親也是為了超越「困境」，自己也已經看準了林蔭遍布的加州土地，而決定動身。一開始，父親依例要獨自前往，不過母親開始感覺到父親過於恍惚……最初，母親似乎考慮帶ＩＹＯＯ一起過去。但是她在福利工作中心聽到有類似經驗的人說，精神障礙的情況不易取得簽證。輪番折騰了許久之後，有天早上，母親向我們表明自己將隨父親同行的決心。早餐的餐桌上，父親也在場。因自己的事造成家人困擾的父親，過度地想補償大家而把一切過錯都攬在自己身上，即使這一日裡也顯得恍恍惚惚。

面對這樣的父親，現在試圖整理思緒，我想大約抱持著兩種感情：不管是什麼樣的「困境」，這種散漫態度，卻令我感到生氣。另一個真正的感覺是，父親真的老了。在這之前都能夠一個人度過的「困境」——不論父親的本性如何，雖然母親說，和父親結婚以前就很熟稔那狀況，但母親並沒有給予任何具體的暗示——現在似乎再也無法離群索居於避難所，只能任由恐懼和悲傷的心情交雜著。

到目前為止，我所說的或許也顯露出：我對母親雖能自然地投入情感，但是對父親則始終保持著一段距離。我想這和我從小就覺得父親熱切地關心ＩＹＯＯ，對我和小ＯＯ則無心照顧有關。儘管如此，我們父女倆還是很有話聊，這一次住在加州，父親仍提筆寫信給我。不過，我一直把這封航空信擺在餐桌上，甚至沒什麼心情拆……而母親的來信，我總是迫不急待地展讀。

母親在那一封信上，比過去同住時更深入地告訴我關於父親的「困境」。「試著想一想，從上次清掃下水道事件之後，我不得不承認爸爸又陷入低潮——雖然我不喜歡使用這個詞彙，小ＭＡ不也這樣覺得嗎？」

母親在信上這樣寫著。的確，我記得很清楚，清掃下水道事件是今年二月的事。每到冬季，我家連接廚房流理台的水管就會堵塞一、兩次，這時父親會拿著原本用在花圃圍牆，以麻繩栓著、金屬包覆著合成樹脂的棒子——這工具也是父親自製的——興沖沖地開始工作。排水管上黏附著油脂和泥土凝結成褐色像石灰一樣的塊狀物。父親操作著乍看不甚牢靠的工具，不屈不撓地要打通水流的通路。這之後，為了讓全部的排水管都能夠通暢無阻，又進行了別的清掃計劃。雖然父親每次工作結束都會洗淨手腳，但還是會留下臭水溝的味道，父親就這樣在沙發上開始讀起書來了。父親慵適地躺臥著，渾身散發的滿足感像水溝的臭味一樣，雖然少量，卻濃厚……。

熱衷成癖的父親，路過藥局時，看到一種可以疏通阻塞水管的化學藥品，便立刻買回來並開始實驗。某日早晨，他發現前夜灌入的藥劑帶來了驚人的成果，父親樂不可抑，非得讓大家在去學校或工廠之前參觀一下不可。但事實上，這不過是清掃下水道事件的開端罷了。從廚房流理台通過家裡內部、旁側，到下水溝的排水通道，按著接近流理台的順序開始，在鐵製的蓋板上編列著1、2、3……到n。雖然他實際清掃了1-2、2-3和中間的水管，不過化學藥劑成功那一天，每個鐵蓋下面都以藥劑之力沖刷出大量的石灰般的塊狀物。父親像是大豐收而亢奮的農夫一般，奮力地疏浚沉積物。

然而，在這個階段，隱約的不安也已在快樂的父親身上露出端倪。雖然知道石灰般的塊狀物應會從位於家中範圍內的最後一塊鐵板——這是父親所認為的最後一塊鐵板——順著下水溝長長的管子流出去……。但不安，成了事實，第二天排水從那個鐵板溢了出來。父親的道具這回可不管用了，最後，水管工人煞有介事地拿著專業器材登門而入。

一開始，水管工人們也面露難色。突然，父親發現在被視為1、2、3……n最後的鐵蓋n之後，還有一塊埋沒在泥裡的鐵蓋，下面是攔阻異物的裝置——很幸運，這確實是造成堵塞的主要因素——疏浚大量堆積的石灰狀沉積物之後，問題就解決了。結果，主人淪落到被說教的地步，當初也沒有信心的水管工人開始數落著應該要定期清掃下水溝之類的話。父親就此陷入憂鬱，原因是不得不承認自己的失敗。原本深信不疑是n的鐵蓋，其實卻是n-1。雖然自製工具在水管的深部受阻時就應該懷疑有此可能，而自己卻未曾試著去探查，是不是還有另一個蓋板埋藏在泥土裡。

清掃下水道事件之後，父親曾叨唸地說著可惜：當工具受阻時，應該把它從水管伸出到地面，然後用鐵棒扎在等距的圓周上。為什麼就是沒想到可能還有鐵蓋……我請水管工人重做一次時，不就成功了嗎？最終還是說出了令他鬱鬱寡歡的事。後來爸爸大聲喟嘆：「原本是個好機會讓所有家人見識一家之長的風範，卻被自己搞砸了！」難免令我感到吃驚。

關於這一次的「困境」，我想爸爸終究無法從這樣的迷思中跳脫出來，現今能做的只有在一旁看著他了。縱使那次演講關於信仰的事是導火線，但是爸爸為什麼在所有事情重疊交錯襲來的現在，還是任由自己陷入憂鬱，我想妳也弄不懂吧？這不像清掃下水道事件那樣單純，不如說是，積年諸惡。因為這樣的緣故，雖然要偏勞小MA，我想還是跟著爸爸，在一旁看著他比較好。

我頻繁地做著與日常實際生活密切連接，卻又稍有扭曲的夢。雖然我不是所謂「愛做夢」那類的人，但在閱讀母親信箋的當天，不知是否有直接的關係，總之，我做了個錯綜複雜的夢。父親不僅寫了從未寫過的戲曲，還上了舞台演出！甚至母親也是！兩個人明明都沒有受過表演訓練，怎麼可能發生這種事？而且什麼時候從加州回來的也不確定，而我帶著ＩＹＯＯ到劇場去……

父母親確實在舞台上，卻聽不見聲音。舞台劇開演之際，我和哥哥才剛要移往前面的席次時，一位戴著「媒體」臂章的人出現，「你們倆的座次是最差的觀眾席，所以不能到這兒來！」便將我們排除在外。當晚做的便是這樣的夢。

事實上我從未遇見過戴著「媒體」臂章的人，即使遇見過也只是一、兩次擦身而過，在夢中像是認識已久且實際存在的人，但醒來後怎麼也想不起來……

早餐時，試著把夢的內容告訴小ＯＯ，得到了這樣的回答：「我是從心理學的角度來說的，研究的對象難免會影射到自己，所以我只是做這個程度上的談論而已。當做的夢痛苦而討厭時，在這夢境中出現給你顏色瞧的傢伙，其實和自己覺得最邪惡的傢伙並不是同一個人。換言之，是第二號討厭人物。因為在夢境中並不想碰見最充滿惡意的傢伙，便會以第二號人物作為夢的實行者。所以啦！小MA會以為那傢伙是現實生活中最邪惡的人，其實對方只是代行者而已，就是這麼簡單！」

幼稚園時，小OO一年到頭不是玩「樂高」組合玩具，就是看科學圖畫讀物。對父母則毋庸贅言了，即使和我說話時的遣詞用句也像寫文章似地，所以我經常會焦躁不耐地和弟弟抬槓。因為初中、高中時參加徒步越野競賽，而且決定上大學之後選讀理科，所以弟弟覺得有關文科系的書籍一本也不必讀。雖然如此，他卻能夠順理成章地說出一般人會認為只適用於文章中的詞彙，讓我一邊為之語塞，一邊還要急急地思考「邪惡」？「實行者」？「代行者」？等等語彙的意義。儘管如此，一旦看到漢字就能夠理解這些字詞的意義了，甚至還覺得頗為貼切哩！弟弟運用語言之獨到，使我領略到平日所感受不到的深度。包括這感受在內，我都寫在給母親的信上。針對此事，不僅母親，連父親也回信了。

小MA提到夢中和IYOO到劇場的事，告知爸爸後，他似乎顯得感慨良深。

在夢裡，IYOO和小MA從我和爸爸所演出的舞台上被隔離在觀眾席中，而且受到粗暴對待的那一幕，覺得自己好像能夠解開這謎境：其實，這不就呈現了ＩＹＯＯ和小ＭＡ現在的處境嗎？我也曾暗示爸爸，「這不也是我們死後遺留給他們的狀況嗎？」甚至非常激動地說：「換言之，以現在這樣的形式，預演他們成為孤兒後的未來！」雖然我自己的這番話本身好像傷害了爸爸……不過，爸爸也提起精神，在回信中寫下了因小ＭＡ來信所喚起的感受。

**事實上，只比母親的信晚到一天，父親的箋函也抵達了。**

小ＭＡ在東京做夢的時間，加州不是早晨就是黃昏，這段時間我多半是醒著的。而且試著推算日期的話，那時大約是我正沿著紅杉林立的草莓溪——我現在居住校園的一隅——散步的黃昏，覺得自己正處在眾人的環視之中，但是和所謂的被害妄想相反，並不會令人感到厭惡。或許就在那時候，東京時間的深夜，小ＭＡ正好夢見我們在舞台上？

如果是戴著「媒體」臂章而且心腸又邪惡的人，大概猜得到是誰，不過，他也算得上是這個夢的構成要素吧！在夢中，小ＭＡ和ＩＹＯＯ到劇院去看所謂我寫的劇本，但是卻完全沒有浮現任何有關劇情的發展，只出現了戴著「媒體」臂章的蠻橫男子，眼光不也凝聚在和他之間的關係，而從話劇的舞台轉移了？但是令我感到幾許心安的是，妳對於這種邪惡心腸的男子似乎已有了某種準備。這樣的傢伙不僅是在夢中，如今應該也已經出現在小MA的現實生活當中。

某日，IYOO到重藤先生的家之後不久，病情突然發作。經常要服用的抗癲癇劑並未忘記，也沒有感冒或身體不適的現象，這一天的發作也不特別嚴重。哥哥身體的挪動掙扎如預期中地逐漸地趨於緩和，仔細看的話，從脖子到臉部都變得肥腫而帶著紅熱。我一邊向重藤先生說明，一邊讓IYOO躺在沙發上，重藤太太拿出一條毛毯，似乎與東歐某國有著什麼淵源，她用毛毯將哥哥的胸部以下圍起來，然後又用繡有波蘭農民刺繡圖案的椅墊墊高頭部。哥哥的頭很重，重心又不穩，很難處理。雖然發作時一直會發出惡臭，但是那味道迄今我仍無法習慣。我清楚地回憶起——也許也受到毛毯和椅墊氣味的影響——幼稚園時曾讀過一則俄羅斯民間傳說所改編的故事，有著像蚊子蜻蜓那樣細手細腳，呼著熱而惡臭氣息的惡魔的故事。

一邊橫躺著，IYOO併攏五指，做出遮眼的動作，重藤太太於是拉起窗簾，讓室內微暗下來，還配合地說：「要不要放什麼音樂？」但是哥哥無法用身體的動作回答。不知為什麼重藤先生似乎責怪自己是引起哥哥發作的根源，低俯著憂慮的臉孔沉默不語。這時，我試著問哥哥：「沒問題吧？好一點了嗎？」雖然是低沉沙啞的聲音，但是他回答我：「沒問題了！好多了！」重藤先生看起來孩子氣般十分認真的臉孔，在陰翳之中，似乎放下心來，臉上卻是淚光盈盈，令我轉過頭去遠遠迴避他的視線……

因此之故，我不得不把發作的情形在信中告訴母親。此外，也說明下個月底，還要帶哥哥到板橋大學醫院診察的事——自ＩＹＯＯ一出生立刻就被救護車送到大學醫院照顧後，每隔四週就得去拿藥——而原本只要把診察卡放入「藥品」櫃檯的盒子就可以了。

寫信給母親之際，便懷念起父母還在家的期間，只要哥哥病情一發作，全家動員幫忙的情形。當初對父親的處理態度覺得反感，現在似乎有點理解了。發作狀況輕微的話，父親就當遊戲似地，讓ＩＹＯＯ也當做自己做了件偉大的事一般。現在我覺得這樣的做法也許是對的。

我在ＩＹＯＯ輕微發作時，立刻想到的便是這回事。早上，哥哥剛起床就有些發熱。雖然剛開始感冒時也會這樣子，但長年以來的經驗直覺，父親可以分辨出是不是發作前的症狀。此時，父親不會上樓到書房去。他坐在起居室的椅子，把畫板放在膝上工作，以便留意躺在地板上聽著FM音樂的哥哥。這時候，哥哥會慢慢地站起來，從起居室往高一階的餐廳走去，接著在半途中像電池沒電了一般。

一旦發生這種情況，IYOO雖然沒有立刻倒下，但是我和母親的力氣都無法支撐住他。小OO站在一旁雖然擔心，但是似乎有些顧慮，不願去碰觸哥哥的身體。因此，就輪到父親上場了。這時，父親顯示了大人的威嚴以及無可匹敵的機敏。當我注意到時，父親已經緊挨在IYOO身旁了。雖然我知道父親接著說的話是為了鼓勵哥哥，但是，從父親的口中——吐出來的話，仍然和「KIN」一樣，令我厭斥。

「IYOO，是發作拉肚子嗎？好，加油！到廁所去！不要半途放棄啊！不要讓發作拉肚子泄出來啊！……太好了！趕上了，發作拉肚子成功！」

現在個頭已經和爸爸一樣高，體重猶有過之的哥哥，不知是發作的前症狀或是已經發作才造成的，意識變得模糊，身體的動作也變得遲鈍，隨時都可能跌倒，所以一定要引導他去上廁所。不管有沒有坐上馬桶，很快地就開始拉肚子。實際上，好好地坐上馬桶拉肚子，或者沒有坐好，對母親來說，有著天壤之別。因此，留心察覺似乎要開始發作——或剛開始發作，父親在這階段極度熱衷於帶IYOO去廁所的任務，想來是理所當然。如果最後又是大功告成的話，心裡自然很高興。

ＩＹＯＯ還在上養護學校時，和「ＫＩＮ」一樣，類似「發作拉肚子」這樣似已變成專有名詞的用詞儘管奇怪，不也都像是愉快的節慶一般嬉鬧度過？然而，發作前——或者說已經開始發作時——身體內，不是會感到氣管、食道，或胃腸直冒著熱氣泡？這種情況就足以令人感到鬱悶了?!而這期間嬉鬧聲還不絕於耳，同時又要移動僵硬的手腳，保持平衡地將搖搖欲墜的身體挪向廁所、最重要的是——要一邊忍住即將發作拉肚子——這是怎樣的一件苦差事啊？

我之所以反對父親的態度，便是因為立即聯想到這種情況。話雖如此，在父母親赴美之前不久，我也曾同情父親對ＩＹＯＯ的照顧。某個星期天，父親從都立交響樂團為殘障者所舉辦的「心連心音樂會」回來，疲倦到令人可憐的程度，雖然哥哥顯得意氣風發。回想起來，從那時起，父親的困境在我們眼中已經變得非常清楚了。由於我曾經兩次帶著哥哥參加過「心連心音樂會」，因此父親和ＩＹＯＯ出門時，我心裡不免擔心真的沒有關係嗎？雖然只是我個人的感覺，不過，在這樣的慈善音樂會上，儘管司儀和指揮家顯得精神異常亢奮，然而樂團裡許多人卻流露出自然的倦態。慣於參加作曲家朋友們新作發表會的父親，似乎也因為樂團不甚嚴肅的氣氛而受到震驚。前一天晚上，父親多多少少表露了想要我交棒給他的心情，「ＩＹＯＯ，明天的『心連心音樂會』要和誰去？」就像往常遊戲般的方式問他。那時哥哥躲在桌子下，手指的方向正好指向父親。

於是，父親把自己的舊西裝——說是舊西裝，其實也只穿過一次兩次，感覺卻很適合ＩＹＯＯ——讓哥哥穿上，帶著他參加音樂會，又在會場旁池袋車站餐廳吃完飯後才回來。在餐廳時，甚至還有力氣想到要買冰淇淋回家，顯然那時仍精神奕奕，不過黃昏時蹣跚返家後，父親已經和縐巴巴的西裝一樣不成人形了。

我所參加為殘障者舉辦的「心連心音樂會」中，真的讓性格各異的殘障者以及十分個性化的家人們聚集在一起。這些遲智且年齡已屆高中的孩子們的母親們，顯然都來自各種不同的生活背景，然而大家卻被統括在同一個印象之下：逆來順受的堅毅態度，以及因為這個遭遇而在人格特質上留下陰影。我對這些母親感到敬佩，因此我大多會和這些媽媽們在一起，甚至和許多殘障者、其家人、義工們共同籠罩在某種複雜的熱烈激情之下，這種感覺是無可比擬的。

但是平日慣於獨自工作的父親，與其說是被那種「合而為一」的氣氛所鼓舞，不如說更加感到疲倦？ＩＹＯＯ異於常人的表情或動作，彷彿也只存在於家中，即使是愉快適當的動作，若是在演奏會場或電車中表現出來，總會被父親視為不可思議而重新予以認識。甚至，即使周遭都是殘障者，也會相互地強調彼此的差異性。在「心連心音樂會」中，父親在哥哥身上發現了新的不熟悉的印象，是否會因此而感到震驚呢？

在此想法下，我對父親既同情又憤怒。然而，那是站在父親內心的角度思考，也就是說，父親因為置身於殘障者之中，IYOO的殘障似乎又被重新強調而令他感到疲倦不已，不過，這樣的揣測並沒有實質根據，儘管有促使這種想法的原由：當我和哥哥一起出席，或參加大學裡看護義工的聚會時，在場的每位母親表情大多沉鬱但非常地堅毅，相較之下父親這一年紀的父執輩看起來卻怯懦而陰暗，他們彷若置身這般處境：好像子女的殘障在同儕間緊張不安地被強調出來，就像是在鉛筆勾勒的輪廓上用畫筆再描繪一次似地，眼見家人伴護著年齡甚至比自己還大的殘障者，思緒投向未來，漠然地馳騁起來……

這時候，我的心中不禁又想：「他媽的！他媽的！即使前景黯淡，不是更應該提起精神突破障礙嗎！」從表面上看來，我只覺得這些父親們被這個頭圓而小的瘦弱女子一直盯著自己瞧之後，唯有沮喪地低下頭去。再者，我之所以聽得見自己心中的吶喊，是因為發現了：同在演奏會場上，沉鬱的母親們心中也潛藏著「他媽的！他媽的！」的反抗力量。

最近，在這樣的演奏會上，我總感到「時光不再！時光不再了！」我想這是相對於IYOO在養護學校高等部所舉辦的演奏會而言。每當我跟著母親到養護學校，學生們自不待言，老師們和看護者們也興高采烈。特別是母親們，甚至可以用天真爛漫來形容，爽朗的笑聲，愉快得令人驚奇。如今，在「心連心音樂會」中，再不曾聽見過那樣的笑聲了！在演奏家方面，老先生以兩個八度音吹著口哨，小姐們則像偶像歌手般地拿著麥克風高唱義大利民謠，雖然氣氛歡樂，但中場休息時間，母親們沉鬱地直盯著自己膝蓋的正上方，而父親們以慌張的眼神怪異地搜巡著四周。

所以，演奏會場上，若有年輕的殘障者偶爾顯出朝氣蓬勃的反應，就讓我特別興奮。心中不免又響起熟悉的聲音：「他媽的！他媽的！即使前景黯淡，不是更應該提起精神突破障礙嗎！」

在寫給加州母親的信上，除了每週訪客、信件、家計的報告之外，也交雜地記錄了我的感想：

……IYOO到福利工作中心和同事們碰面，就顯得很高興；和重藤先生學作曲，似乎也有助於消除爸媽不在日本的壓力，兩次的發作也比上週的來得輕微。

家人都在一起時，ＩＹＯＯ的依賴心會變得較強，如果沒人提醒的話，不是會經常忘了服抗癲癇劑嗎？現在，他早中晚都會自動吃藥，所以我只需要每天早上確認前一天的藥已從藥箱裡消失就行了。這月底去拿藥時，也要順便做診察，應該也向福利工作中心請過假了。

小ＯＯ則自己做計劃，因為要獨立完成，所以規律地在自己房間的書桌前讀書，閒暇時，就在餐桌旁，戴耳機聽音樂。這兩段時間的組合，我想小ＯＯ可以排解掉他自己的壓力。

那麼，剩下我的壓力又如何呢？如您所知，我雖然對於外表看來細瑣的事無法處理得很好，但是對於壓力卻很能承擔。這一次媽媽到美國去，最擔心的應該是ＩＹＯＯ生理性的問題，然而最讓我感到吃重的卻是心理性的壓力。

但是，我們安定下來了。雖然性格上，或許我會在某一個層面上安定下來之後，又出現更高一層的不安，不斷地擔憂著。不過，請您別太在意，因為不斷地未雨綢繆，即便任何事轟然而來，也不會成為出乎意料之外的重大打擊。我和ＩＹＯＯ——小ＯＯ也受到非常謹慎的保護——萬一真有什麼，相信也能順利地突破困境吧？

隔了一週，我們到重藤家上作曲課。開始不久，重藤先生異於尋常地把哥哥獨自留在音樂室裡，走近正在讀書的我，並且說：「想問妳一個較深入的問題。」

光是這樣，就足以讓我驚訝得僵住了。重藤先生的話語本身，和平日沒有兩樣，是那種聽起來恍惚而又超然的說話方式。然而，當我抬起頭看重藤先生，只見他俯視著手上硬紙板製成的五線譜，臉上的表情因悲憤而寒森，我心底怯怯地等待著他要說的話。

接著，重藤先生一下子充了血的眼睛，向我投以悲痛的目光，說道：

「小MA，這是K和OYUU出發後不久IYOO開始寫的曲子，現在完成了。IYOO做細節的修正時，我只關注他不太在行的樂理部分……，而且在我面前，他總是安靜地微笑著，所以對於作曲內容的表現，並沒有深究過。整體而言是進步了，所以期待演奏時的快樂。

「今天，IYOO讓我看了他謄寫好的樂譜，便試著將全曲演奏出來，沒想到竟然悲愴至極！這是怎麼回事？」

重藤先生硬生生地停斷了話，還吞了口唾沫，喉頭的皮膚劇烈地牽動著，老人斑更鮮明地浮出來，呈現平日沒有的老人印象。而重藤先生的聲音在我瑟縮竦懼的耳邊控訴般巨響著，「……竟然悲愴至極！這是怎麼回事？」

我遲緩地伸手，還是接下了推到我眼前的大紙張，心裡一邊想著，我又不會讀譜。然而一旦在五線譜紙上端的空白處，看見哥哥用鉛筆寫下的標題〈棄子〉，就明瞭了重藤先生的聲音為何如此粗悲戛愴。

「棄子！」

「ＩＹＯＯ現在，一個人在那邊，做什麼呢？」

「用樂譜的草稿，自己試著彈完成的曲子。」

「很悲傷的樣子嗎？」

「……不會，像平常一樣，處之泰然……但是，小ＭＡ對於所謂的『棄子』，究竟怎麼想呢？」

「我也是第一次知道，ＩＹＯＯ的腦袋裡有這樣的詞彙……」

「Ｋ知道他有這樣的想法吧？」重藤先生在我出生以前就是父親的老朋友，所以對他總是指名道姓，不用敬稱。「聽說ＯＹＵＵ和Ｋ因為遇到困境，就把小孩丟在這兒，這樣好嗎？他們出發後不久，小ＭＡ不就遇到色狼騷擾嗎？現實總是遇到些可怕的事，像ＩＹＯＯ竟會做出如此悲淒、哭喊般的曲子，甚至自己還想出了『棄子』這樣的標題。」

重藤先生和我談話的起居室右邊，兩側並排著書架和裝飾櫃——那兒也橫堆著許多書本，甚至還放著東歐的民俗紡織品和玩具，狹窄陰暗的走廊對面，從緊閉的隔音牆對面，微微地還聽得見鋼琴的和音。這是適合哥哥作曲方法的彈奏方式，亦即，哥哥作曲的旋律並不是橫向地綿延過去，而是一段段地將結構材料累積上去，將聲音的單位填入五線譜，這樣的彈法感覺上確實很適合哥哥的曲子。這種留下深刻思考空間的彈法，因為聽不出所謂如此悲淒、哭喊般的音樂，我多多少少能夠從動彈不得的遲滯中恢復。

重藤先生似乎也反省到自己的語調像是向我詰難似的。這次卻將激憤轉向自我攻訐。

「K帶著OYUU一起去加州，為的是要應付困境的問題。從OYUU那兒聽了事情的始末，我也能夠接受。自年輕時代起，K就是個有苦往肚裡吞的人，這樣的人一直這樣生活下去是很危險的，從他傳達的態度以及悲苦的呻吟來看，OYUU自不待言，連我也無法反對他的緊急避難。但是，這種以自我為中心的舉動，若讓IYOO疑心自己被拋棄的話……，不禁也讓我懷疑K究竟花了多少心思在IYOO身上？」

重藤太太從廚房裡走出來，戴著灰黑色銀框眼鏡陰翳的臉低了下去，同時也留心聽著重藤先生說話。另一方面，我被某種情緒驅使著，覺得一定要讓重藤夫婦的心稍微寬鬆一點才行。

「不過哥哥用『棄子』這樣的詞彙，多少可能帶點好玩的心情吧？剛才我想起來，電視的怪獸電影中，出現過一隻叫『劍龍』的小怪獸，父親曾經跟哥哥解釋過這名字的意思。」[2]

「『劍龍』！」重藤先生混雜著悲痛與奇異，大聲地說。「……那麼說，ＩＹＯＯ確實知道棄子的意思，所以才會用『棄子』做為標題囉！」

「重藤先生，你這不是太感情用事了嗎？」重藤太太在丈夫的姓氏後再加上先生二字的稱呼方式，似乎是對兩人在東歐生活的懷念。「現在承擔ＩＹＯＯ責任最重的就是小ＭＡ了，你別在她旁邊這麼情緒化吧！」

「這倒也是，說的也是。」

「即使是題為『棄子』，ＩＹＯＯ也應當會在音樂中將之客觀化吧？現在不也挺冷靜地彈奏著。『棄子』的主題本身，或許和重藤先生的詮釋有所不同。……在這兒喝喝茶，大家先靜一靜。」

重藤先生的激昂化成薄紅色的橫紋，從殘留的臉頰垂到了頸間，他倚靠在起居室桌子旁的老位子，看上去有些疲累。我幫著重藤太太端紅茶和自製的小點心，以前並沒有注意到被重藤先生指使的重藤太太也頗具威嚴。不過，重藤太太似乎仍為ＩＹＯＯ題名為「棄子」的曲子感到心痛。就這樣，平常我們總是會等哥哥的課程全部結束之後一起喝茶，今天三人卻都像棄子似的，鬱悶地啜著茶，一直到哥哥彈完剛出爐的曲子，滿足地走出來。

這時，責任感強的重藤先生想要說明一下自己情緒反應的背景：我的父親和母親一起到加州去，究竟具有什麼樣的意義，以及關於ＩＹＯＯ在腦海中浮現棄子這樣的詞彙，自己的想法如何被延伸。此外，也重新讓我了解到迄今為止我不甚清楚的父親和重藤先生之間長期的關係、重藤先生對父親的了解等。

「……第一次說到『困境』，是Ｋ自己說出來的。之後，他就再也沒有提起了，詳細情形是聽ＯＹＵＵ說的。遇到『困境』的最直接動機，好像是因為Ｋ現在持續寫著的小說進行得不順利，他作為中心思考的主題陷入了滯澀。這樣的問題若是要以小說的形式表現出來的話，只要Ｋ保持一段距離就能夠應付，畢竟他就是這樣創造出自己人生的小說家，不像我們這樣遇到一個麻煩的問題，便一直不斷鑽牛角尖，坦白說有時還覺

2　日文中「棄子」（sutego）的發音與「劍龍」（stegosaurus）前音節發音相同，文中ＩＹＯＯ作曲的標題以平假名方式出現，可做雙重解釋。

得滿索然無味的。K創造了小說家的生活風格。

「但是反過來說，對K而言，如果一本小說無法順利進行，不斷地構想不斷地書寫又不斷重寫，就像人生的某段時期受到挫折一般，或許就這麼一直挫折下去。但K沒有辦法把進行得不順利的小說淡然地放置一旁。或許這就是K的寫作方式吧。……但是這次『困境』的直接原因好像是因為他在電視台做了『無信仰者的祈禱』所導致的。關於這一點，他似乎也做了些滑稽的談話。」

「好像並不是一開始就是在電視上演講。聽說是在女子大學和法文系的學長所說的話，而那也是法文系的同學替他錄影的。」當我如此說完後，重藤太太沉靜的臉上泛起了微笑。為了父親可以得到公平的對待，我覺得自己似乎有義務告訴他們。

「……原來是這樣，看起來也不像是電視台企劃而構想出來的節目，坦白說，這也是為什麼K陷入進退維谷的窘境。

「K的電視演講我也看了，不過像他這樣一個無信仰者，甚至都信心動搖地說唯有仰賴祈禱一途的話，當然是因為和ＩＹＯＯ在一起生活而得來的經驗，和這話題連接，才談起他的童年往事。如果那演講的內容是真實的，那時的K也已經是十一、二歲了，好像他生來就害怕那些具有信仰的人。」

「父親即使是為了讓演講內容生動而發揮服務精神，但我想他對於關鍵性的事並沒有說謊。四國的祖母也曾說，自從那次的小麥粉事件之後，父親就開始失眠，此後也反覆不停地說：失眠症就是從那時候開始的。父親在演講中並未道出，但是一提及松山基督教會，不可思議地，似乎就開始魂不守舍。祖母一家原就和佛教寺廟有極深的淵源，在祖母提防著甚至不給他錢的情況下，父親偷偷地一早出發，走了一整天，翻越山頂的小路，入夜後，抵達松山教會前面便被巡邏的人抓到了。這件事之後，父親若無其事地再未提起過靈魂的事了。而因為有孩子的父親做為靠山，警察打電話到教會去，得到的答案竟是請家長儘快把孩子帶回去，大家都傻住了，說不出一句話來。後來，父親自己甚至也把它當成笑話講。」

「……我也聽K說過這件事，不過語意卻不一樣。日本地方上的教會，大門猶如銅牆鐵壁，因為他明白地被拒於外，反而感到安心。他說他能夠接受教會中全身全靈奉獻給信仰，專事靈魂得救的人們。至於自己不能拋棄一切來追求靈魂得救而被拒於門外，他也覺得理所當然，而且很安心。K曾經偷偷在森林深處碾小麥的水車小屋中，閱讀阿西濟聖芳濟會的雜誌報導，因此他相信，為求靈魂得救，非得發願拋棄一切不可。聖芳濟本身，就創立了三個不同層次的修道會吧？但是還是個孩子的K卻無法理解，以為非得一舉拋棄世間一切，否則靈魂無以得救……自己對現世還戀戀不捨，內心還有慾望，若說為靈魂得救，那根本就是騙人。如以當時法語班學生的說法，也可能道出mauvaise foi[3]這樣的字眼。

「若把過程單純化地來說，K抱持這樣的態度活下來，而年過五十，卻將靈魂得救當做輕率的事道出來。然後又對著實際上有宗教信仰的人們，就這樣承認了自己欺瞞的信仰，不是過於粗率慌張嗎？雖然明知道自己距離靈魂得救尚且遙遠。因此，他也許該試著反省：將IYOO留在身邊，自己的欺瞞就能夠躲過他人的目光嗎？或許他正是害怕這個，為了將自己和IYOO分開，而到加州去也說不定。若真是這樣，儘管雙方受苦，他把IYOO放在這兒也是情有可原。同時，我想這也是IYOO感覺到被拋棄的原因吧！」

「我覺得IYOO有著不可思議的敏感程度，也許無法用言詞表達，所以藉助音樂表現也說不定。」

「不是說不定，事實上就是如此。連言詞也能夠表達，『棄子』不就表達得很清楚嗎？我們不能對此視而不見，聽而不聞。」

「父親所謂的困境，具體而言，究竟是什麼呢？心中一直想著這個問題，最後還是想向您請教……」

「K很容易鑽牛角尖，也可能是老年初期的憂鬱症，甚至很有可能K會選一株適合的加州橡樹上吊，……OYUU不就很擔心嗎？」

「重藤先生，也許因為你擔心K，對IYOO的音樂也花了很多心思，情緒激憤也情有可原！」重藤太太收斂起笑容，深刻皺紋的眼窩做出強烈的表情，頗有責備的意味。「但是，說這些只會威脅到小MA，有什麼用呢？如果你覺得K遭遇困境，應該是跟小MA說的是如何讓K恢復過來，如果不能的話，現在說這些也於事無補吧？例如，藉由這個機會，也有可能信教啊……，光是說些上吊啊什麼的，如果你真了解K的事……」

「人的事確實很難懂！關於K，當然也是囉！」重藤先生像鸚鵡般地重覆這段話，臉也因而漲得異常地排紅，眼睛眨巴眨巴地眨著……。「要說到信仰的話，我想對他來說，現在信教會比上吊還痛苦喲！因為他必定是在宗教信仰者的外圍，就像是制肘般地保持一段距離，一輩子埋頭力行。

3 偽善。

「一旦努力去做，他就會如火如荼。沒有信仰的人要朝哪個方向衝刺，便是個問題，我想就是成立像文學這樣的事業。K不就經常談起葉慈的事嗎？他也是從年輕的時候開始，就喃喃地說著諸如：人之有智，恆須抉擇：生之完成，抑或事功。寧舍前者，後者是擇，不啻荒棄，天堂華屋，唯於暗中，徒貽狂怒。

「他就是個raging in dark（唯於暗中，徒貽狂怒）的傢伙。但是K進入了本地的法文系不久，卻開始憧憬a heavenly mansion（天堂華屋），希冀基督教天堂是自己的住處，甚至曾經以在修道院打雜為志願。他信仰的模範典型雖然有過幾種，但因為小時候有『阿西濟的聖芳濟』的體驗，除了放棄一切外，可能的話也進入一座制度不完全的修道院，否則K的心中應該不會有真正安心的信仰。一旦真是如此，最先不得不捨棄的就是IYOO！現在IYOO感覺到棄子的不安是對的。」

「你看你！重藤先生，小MA像是迷失了方向快要哭出來了，你讓這可憐的小人兒嚇得哭泣，覺得很得意嗎？」

重藤先生慣於眨眼的眼框四周和鼻頭漸漸轉紅，這副模樣很像歐洲童話中愛喝酒的縫衣匠或鞋匠，而我確實是強忍著淚水。

「K原本是半途而廢的個性，不過意識上又無法忍受半途而廢，他就是這麼個矛盾的傢伙。我的意思是……一方面他無法這樣半途加入教會，另一方面又不能不假思索地就談起關於祈禱的意義。而且還是如此輕率地脫口而出。結果，自己招致了這次的『困境』。

「OYUU告訴我，那次演講在電視上播出後，立刻收到K一直很尊敬的一位天主教神父的突然來信，因為是這樣身分的人，因此所說的話必定十分慎重。我想因為妳也已經加入教會，這對他無疑也是一記悶棍。雖然他企圖在此岸以寫小說的方式，插手信仰者的領域，但卻也緩而不覺地移向彼岸……這不也有可能是迷人的召喚嗎？這麼說來，在K身上不也有真正的信仰嗎？這倒是挺悲慘的。」

「真的是沒聽父親提起過任何信仰的事，再者我參加學校教會團契雖然沒聽他拿來開什麼玩笑，也沒聽他認真談論過。有一次，一位文藝評論家前輩在大教堂舉行葬禮，父親不但去了，對彌撒儀式也沒出言批評，甚至還在教會旁邊的書店買了一堆書，連續讀了好幾天。」

「對K而言，一般的信仰真的這麼重要嗎？我倒不這麼覺得。重藤先生，毋寧是你才讓人聯想起心靈貧乏的人來。」

「不是！不是！」重藤先生似乎為了驅逐難堪而大聲地說。「說起來，大學時代就有過這樣的事了：為了填補老師停課的時間，K在宿舍前的飲水處，一邊咬著沒有填料的麵包，算是一邊在吃著吧，他突然說，自己的靈魂得救與否，其實無所謂。自己所關注的只是有沒有來生的問題，如果有來生的話，不論那兒是天堂或地獄，兩者都是全然的虛無而無甚可懼之處。因此彼岸若是全然虛無，那麼靈魂得救與無法得救兩者不都相同嗎？唉，也許這樣說還嫌幼稚，但卻是符合邏輯的喲。那時候的K還一直思考著這類的問題呀！

「但是，那個H呢！畢業之後當編輯，死於血友病的那個男的，小MA還記得吧？那個H是個聰明的都市人，他就曾經跟K說過這樣的話：K，這樣不對吧？彼岸未必是二者擇一，也有可能是三選一的結構吧？也就是說，和天堂湊一塊兒的，還有個煉獄，然後才是地獄。在這第三者呢，是一切皆空的虛無。雖然天堂和地獄都好好地存在著，但是只有這第三者才是所謂一切皆空的虛無，換言之，和未出生是一樣的，這不也令人驚慌失措嗎？K聽了之後，茫然若失的模樣令人不忍……」

這時，IYOO從走廊那端走過來，失了魂一般地異常緊張，使得臉上的表情顯得扭曲不自然。哥哥把用橡皮擦和鉛筆修改後的某段樂譜拿給重藤先生看。換言之，全然無視於我和重藤太太的存在——雖然我們肅然地迎接哥哥——專注地等待重藤先生的反應。緩緩地一拍手，〈棄子〉的作曲家以手指指著並排長音符的結尾部分，父親說是像豆芽菜似的長音符。

「這兒原本不太好！但是我已經修正過了！」ＩＹＯＯ滿懷信心地說。

重藤先生朝著我們，臉上的神色不再是東歐文學專家，而是全然音樂家的表情，開始重讀哥哥指示部分的前後樂句。這期間，熱切等待著的ＩＹＯＯ的腦海裡和重藤先生的腦海裡，彷彿有共通的音樂語言彼此感應著。接著，重藤先生認同了哥哥處理的旨趣是正確的。哥哥的臉上綻滿晴朗的微笑，取出放在口袋裡的橡皮擦和鉛筆，修訂了交給重藤先生完成版的樂譜部分。我模模糊糊地看到顫抖的樂譜——籠罩在橡皮擦振動的力量下——寫著「棄子」的標題。結果，我還是忍不住問出口：

「ＩＹＯＯ，這是首悲傷的曲子嗎？是以悲傷的心情作曲的嗎？就是這首〈棄子〉的曲子嗎？」

「雖然是D小調的曲子，但是悲傷的曲子嗎？我也不確定哪！」修訂完畢之後把鉛筆夾在耳後的哥哥，心情和眼光仍然停留在音符那邊地回答。「我才剛把曲子完成而已。」

「今後，對自己而言是不是悲傷的曲子，必須真真切切地去了解啊！ＩＹＯＯ。」

透過厚厚的眼瞼，眼睛瞇成一條線的重藤太太，隨著嘆息說出這番話。這深沉的嘆息聲，我想重藤先生和我都打心底認同吧。

十月底，發生一件不幸的事，我和ＩＹＯＯ必須坐飛機到四國——父親誕生的故鄉。雖然和字典上的定義不一樣，但是我們都習慣叫他大伯父[4]，父親的哥哥過世了。據說是從肝臟轉移到肺部和腦部的癌症。我和哥哥代替父母去弔唁。也許是因為大伯父長年住院，所以當我們接到穗子姑母告知死亡的電話時，感覺她相當冷靜，再加上，或許為了不讓我感到害怕，而刻意保持冷靜吧！

穗子姑母問了我加州宿舍的電話，她要直接和父親商量，並轉告我們留守的家人接下來該如何行事。她還說，如果我們也打電話給母親，不僅費了兩道功夫，消息也可能混亂，同時再打一次國際電話也不經濟，所以由她來當情報中心吧！對於大伯父雖然幾乎沒有直接的記憶，但對穗子姑母的印象，除了類似此刻實際的一面之外，偶爾也幽默非常，此外的印象便是十足端莊。雖然是兄妹，不過和父親是完全不同典型的人。三十分鐘後，穗子姑母又打電話來，說因為是早上，和加州的時差正好，已經聯絡上在宿舍裡的父親。

穗子姑母第二次電話的內容：「K雖然感到震驚，但是和OYUU在一起應該沒問題。說到癌細胞轉移不易治癒的事，K出發到美國之前曾經去看過大伯父，醫師告訴過他，家裡的人也都知道。或許膽小的K害怕遇上大伯父受癌症折磨痛苦而死的現場，所以才到加州也說不定、事實上也是這樣吧！K整個人都陷入陰鬱之中。」

「K也許會提前回日本，」穗子姑母話雖出口卻欲言又止。取而代之地說：「希望小MA帶著IYOO來參加葬禮。奠儀的金額是這樣這樣，如果當天搭飛機來的話可以到機場去接，當晚便在山谷間的老家過夜。特別希望帶IYOO同行的原因是，我想比K更傷心的祖母，如果看見他心情會開朗一些……」

我們抵達松山機場，從機艙走往連接機場大樓的空橋通道，一走出去看到窗戶對面的風景，是久違的明亮。IYOO像是受到炫麗的邀約般地笑顏逐開，發出「哇！」的聲音，眼光投向窗外。站在狹窄的行李領取區前，隔著玻璃門，看見有點上年紀的穗子姑母在那兒搖手。身旁站著一位像是相撲選手新入門弟子的大個兒，我想大概就是高中學校旅行時到家裡住宿過的小修吧！行李沿著輸送帶出來了，哥哥也像個相撲力士似地

4「大伯父」日文發音為OOZI，與祖父發音相同。

「嗨喲！」一聲，一鼓作氣地提起來。緊鄰著出口的轉角處，穗子姑母迎了過來，臉上雖然蒙上大伯父死亡陰影的肅穆表情，但蒼白的眼睛四周還是綻放出微笑。果然是小修的大個兒禮貌地從哥哥的手上接過皮箱，好像玩具箱或什麼似地夾在身體和手臂之間，先行一步往停車場的方向走去。

「雖然是中學的教員，慢慢變得優雅了，不過卻很不拘小節。」當我和ＩＹＯＯ並肩走出明亮的建築物時，穗子姑母一邊說著，讓我懷念起靜靜地沉澱在心裡最底層的一件趣事。

「喔。」我恭敬地回答。

小修學校旅行來東京的時候，我還是個初中生，當時對於英挺帥氣的年輕人都會用「優雅」這樣的詞彙來括稱。我對母親說：「小修真是優雅。」父親就像平時不考慮我的心情取樂般地，打電話告訴穗子姑母。

一離開市區，道路十分地平坦，感覺像是不斷把山切開再切開，山坡路持續爬升。不僅是斜坡上分割了乾涸田圃的紅色闊葉樹，甚至更高的杉樹、檜木林，也都映照在明亮溫暖的陽光中。在宛如鄉村節慶般的風景中，小修和ＩＹＯＯ老實地繫著安全帶坐在前座，雙門小轎車載著我們咚咚地奔跑前行。穗子姑母端正地坐在旁邊，拿我像個大人般地對待，訴說著大伯父病發和臨終前的話。小修和哥哥身材魁梧，像一堵牆似地聳立在我們面前，不過兩人都畢恭畢敬地聆聽穗子姑母的談話……

在穗子姑母的談話中，讓我印象最深刻的還是和父親相關的事。我想穗子姑母本身也刻意從這個角度來說。當父親要到加州而特別前來問候拜訪時，大伯父已經開始注射嗎啡，因此白天也顯得恍恍惚惚。當穗子姑母說：「小K來啦！」時，父親已經進入病房，坐在病床旁邊低矮的長椅上，顯得十分沮喪——他為大伯父毛毯底下的腳震驚顫慄。

過了許久，大伯父或許感到雙腳倦懶無力，光著腳丫下床時，父親看見右腳缺了中趾，這一次父親全身都顫慄了。「看見親人的身體蒙受這樣的折磨，受到震驚的小K光是想像大哥癌症末期受苦而死就無法忍受，不是嗎？因此，從醫生那兒問了大致的推測之後，就逃到加州去了！這不是我的揣測，祖母也是了解的喲！」穗子姑母這樣說著。

「母親好像也提過關於這腳趾的事。父親一直很在意大伯父要他去上大學，而大伯父在林中生活時，因勞動而受傷的事，父親似乎也深受震驚。」

「不論是小K或是大伯父，都很可憐呀！」穗子姑母以聽來像是憤怒的語調說。隨即把話題轉向大伯父彌留之際的情況，哥哥忽然蠕動著被前座安全帶緊縛而僵直的上半身，合十膜拜。穗子姑母被這樣的舉動嚇了一跳。

「當ＩＹＯＯ看見自己知道的名字，像是音樂家或相撲教練的死亡報導，也會這樣地低頭膜拜。」

「……奇怪！又重新叫ＩＹＯＯ了嗎？小ＭＡ？祖母原本就比較喜歡ＩＹＯＯ這個叫法，如果可以不必顧慮地如此稱呼的話，確實令她鬆了口氣。」

對我的家人而言，ＩＹＯＯ這樣的叫法確實有一個曲折的故事：在經過養護學校高等部一週的寄宿訓練後，哥哥回到家裡，父親若以綽號喚他，他就不做任何回應。當時父親的狼狽驚慌，反而讓我們有罪惡感。那時，小ＯＯ理解到哥哥想自立的心情，發現他希望我們稱呼他的本名。之後，我們大家就都叫他小光，連祖母寫信打電話也都改成正式的稱呼。但是，近來我們又重新叫ＩＹＯＯ，哥哥本身也沒有特別覺得不自在。母親彷彿是到現在才發覺似地很介意地說出，哥哥癲癇反覆地發作說不定會造成智力的退化，因為一次的癲癇會破壞數以萬計的腦細胞……

因為哥哥坐在前座也聽得見，所以我並未提及癲癇發作和腦細胞的關係，只說明了不想被稱做ＩＹＯＯ的始末，和恢復叫ＩＹＯＯ的原委。穗子姑母彷彿陷入了沉思，然後才這樣說：

「我想ＩＹＯＯ在高等部時，獨立心會特別明顯，因為我們家的小修也是一樣。現在兩個人年齡都大了，所以也變得沉穩得多了，不是嗎？」

我覺得母親所擔心智力退化的事很快地也在穗子姑母的腦子裡轉著，再者也為了鼓勵我才這樣說。但是之後良久的沉默，也讓我深覺在這方面穗子姑母和父親類似的性格。

穿過幾臨山頂所挖掘的大隧道之後，蜿蜒在滿山紅葉的明媚峽谷裡，我們開始下山。當車子駛出平坦廣袤的盆地時，穗子姑母適切地說明當地所種植的農作物，以及這個小鎮成為此地文化進出交流的中繼點。沿著清淺的溪流便得以深入森林地帶，除了狹長的道路兩旁屋宇林立之外，溪流對岸的山坡上，也看得見幾處人家，那兒就是養育父親的村莊。

父親的家門前，擺滿了葬禮用的花環、帶有細杈枝的竹子、點燈火用的工具等，許多人穿著感覺上並不合身的黑衣服在屋前走來走去，氣氛森嚴。穗子姑母指示小修就這樣繞過去不下車。觀察敏銳的ＩＹＯＯ朝著這些用具非常恭敬地合掌膜拜。車子往上游走了不久之後，又沿著堤防道折返。於是，我和ＩＹＯＯ從結滿奇異果的後院，被帶往祖母的偏屋。正屋那兒彷彿準備進行什麼祕密的戰鬥，窸窣低啞的聲響讓人感到嘈嚷不安。

祖母正更換著喪服，瘦小的肩膀上披掛著古舊的絹絲色調的長襯衣，就這麼呆立在鏡台前。杵在走廊上的我，先是看見鏡中反映著祖母灰暗如紙般小小的臉龐。長眼睛和父親極相似，眼瞼中彷彿全是黑色瞳眸，又像是蓄著黑汪汪的水，一直凝視著天空……我和ＩＹＯＯ停足未動，穗子姑母也不催促我們。反倒是祖母回過神來，很快地挪動著已經麻痺的站姿，套上黑色和服，一下子便在胸前拉緊了，正了正衣服，回過頭來看著我們。

「從那麼遠的地方過來……」祖母還說著話，正巧在間斷換氣時，穗子姑母就招呼起來。

「叫ＩＹＯＯ也可以喲！又恢復先前的叫法了。」

「那真好！那真好！ＩＹＯＯ，終於到了呀！因為是大伯父的葬禮，所以也來參加呀？小ＭＡ，妳也辛苦了。」

「那麼，在祖母束好和服帶之前，我帶ＩＹＯＯ他們到正屋那邊打招呼。……祖母可不是在太空漫游，和服穿得那麼慢是不行的！」

「是啊！已經花了好多時間了。……ＩＹＯＯ和小ＭＡ雖說是想來看死去的大伯父的遺體，不過不看也沒關係！棺木是開著的，倒也方便，不過年輕人不去看去世的人的臉也好。」祖母雙手押著胸口保持著站姿，算是送我們出來，一邊還這麼說著。

接著，我和大伯父的夫人和長子致意，哥哥則十分恭敬地將奠儀放在靈前——穗子姑母傳達了祖母的意思，所以只帶我們到設在二樓客廳圍繞著白色菊花的祭壇前行禮。再回到偏屋時，祖母已穿好喪服，白髮蒼蒼的她，現在以舒暢而泰然自若又顯得神清氣爽的態度端坐在我們面前……

對於這位年過八十五歲又死了兒子的老婦人，我應該給予她怎樣的安慰言語呢？唯有含悲垂首。所幸，坐在祖母正對面的ＩＹＯＯ表情是慣有的一本正經，十分自然，正回答著祖母詢問關於福利工作中心的事及作曲的進度等。

趁這時候，穗子姑母很詳細地把我在車子上說的話，關於送水瓶的「狂熱信徒」是色狼的事告訴祖母。我心裡想，在等待葬禮開始之前談論這樣的話題是否不夠恰當？而且我覺得引起這樣的話題是我的錯，所以變得更加地拘謹。祖母做出眼瞼甚至成了三角形那般全神貫注的表情，臉上的血色也好了許多，非常仔細聆聽的樣子。

「……監視、追逐那惡漢的時候，就這樣騎著腳踏車是很聰明的，小ＭＡ。這樣可以威嚇比自己高大的人！」

「這又不是侵入熊的勢力範圍！」穗子姑母很直接地貶抑了祖母的想法。哥哥則以奇妙的神情回頭看著我，大概是乍然聽到熊這樣有趣的字眼所浮現的瞬間反應。

葬禮從午後三點開始，在鄉村一般都會更早開始，但似乎是考慮我和ＩＹＯＯ飛機抵達時間而刻意延遲。送葬的行列從父親家行進到溪流下游的菩提寺。我和ＩＹＯＯ倚靠在拄著枴杖的祖母的左手邊，目送葬列。吊著燈籠的竹竿、高高的花環、甚至奇形怪狀的紙旗海，接著是大伯父的照片及牌位，排成一列，穿越過道路兩旁鱗次的屋宇，以及半數穿著喪服的村民。突然，一陣清朗的秋日陣雨從溪流旁的山腹飛掠過常青樹濃綠南向的山腰，整列隊伍不可思議地駐足凝望。棺木看起來十分沉重，人們簇擁地層層圍繞著，從竹竿上的籠裡撒下紙花，感覺上好像是波里尼西亞內陸原住民的葬禮儀式。素樸而令人懷念的印象。每當竹竿的籠裡紅、青、黃細碎的紙花散開來時，祖母便抬起她纖瘦的頸項，眼瞼成三角形，深深凝望著。

當送葬行列的末尾出發一結束，祖母、我和ＩＹＯＯ回到偏屋稍作休息後，仍是搭小修的車前往寺廟。祖母雖然行動不便，但抄近路後在菩提寺及墓園腹地和往森林爬升的林道交會處，我們下了車。從內側小路一進入寺廟，葬禮正要開始。負責喪禮的住持和一旁協助的和尚們進到本堂來，從盆地中繼小鎮來的一位微胖的葬儀社先生，像是在重播的老電影裡可以看見的號令軍隊一般，催促著送葬者們就座。在遺族席中，我和ＩＹＯＯ分坐在祖母的兩旁，她大體上也配合著號令，正準備站起來時，住持的手做了個信號。似乎有什麼話要說。住持走到一半停住腳步，指使一位年輕的和尚過來。

他告訴祖母：「對於那位弔唁司儀的指揮可以迴避無妨！」住持走回去，對著唱禮的和尚點點頭，又向葬儀社先生示意。接下來，無需號令，儀式便自然地進行下去了。喪禮後，正要從本堂下到庭院時，看見穿著黑色喪服、搭著坎肩背心、蝴蝶結領帶的葬儀社先生正抱膝蹲踞在濡濕的簷廊邊，看著雨淋中的萬年青。

在本堂前面，送殯者還站在庭院中向著大伯父的長男致哀。因此，祖母這邊則視為儀式完全結束了，在大伯父的遺體準備出發運往上游的火葬場之前，她先進入本堂旁邊的會客室，和像是老朋友的住持談著話。「因為祖母討厭接受那些遠來友人的致哀，所以躲進來。」穗子姑母解釋著祖母的行為。這時，從後門出來的祖母正等在剛才下車的地方，叫看起來像是米其林廣告臃腫的人偶般的小修過來，實在是因為喪服太小的緣故。

因此，穗子姑母和我們便往輝映著憲章灌木紅葉的美麗小徑爬升上去。祖母已經坐進汽車的後座，像是為了讓哥哥在旁邊坐著比較輕鬆似地，替他解開了助手座的安全帶——來寺廟時，祖母、穗子姑母和我，雖然大家都瘦，個子又小，但擠在後座依然無比窒悶，好像回程時就準備只讓自己和ＩＹＯＯ佔據後座，所以當哥哥一坐進去助手席並繫上安全帶之後，又立刻替哥哥解開安全帶。

「祖母想讓ＩＹＯＯ看森林風景，是吧？等車子爬到高處，若要開快，後面坐三個人確實太擁擠。」穗子姑母一邊對著車裡的兩個人，以及包括自己站在車外的三個人撒出神社前潔淨的白鹽，一邊這麼說著。「小ＭＡ就坐助手席，我來開車，小修腳力好跑回去，也可以幫忙善後工作。」

車子開始在林道間下降，經過跨越聚落中央的一座橋之後，便往溪流對面迴旋於山腹間的道路駛去。在橋墩急轉彎處，回頭一看，沿著因落葉而裸現的石崖，看見小修仍是米其林輪胎人的裝扮，穩重而優雅地走下山。

道路如羊腸小徑般曲折，我們繼續朝著山頂的道路攀登。當我第一次到父親的故鄉來的時候，據說自己就曾經問過從小就扮演著知識指南角色的小ＯＯ，道：「爸爸小的時候，居住的地方，很遼闊嗎？」雖然我不記得這件事，不過山頂還沒開隧道之前，那時到父親家要走很遠的路倒是印象深刻。但是，按村裡的地圖來說，沿著溪流的水脈一直爬到他們稱為「鄉下」的村落，感覺上確實是走了很遠的路。

眺望迂迴前行的道路盡頭真是很美。從盆地的小鎮到父親鄉村對面的山谷間，我注意到道路兩旁的斜坡上，到處都是耀眼的桔紅色，看來像是分了區的紅葉林。到了登上「鄉下」的高度時，仔細一看原來是柿田。與其說是果樹園，不如說是田圃，這種說法比較吻合。「這些柿田在戰後糧食短缺的時期原本都是開墾作為小麥田的，接著是栗子，最後才改種柿子。」曾經是「山產批發商」老闆娘的祖母向我們說明。

此際，我們所經過的道路，上下左右，都圍繞在帶著鮮紅的桔色之中，燦爛異常。我們不斷地在其中攀升前行。一走到稍微平坦的地形，四處可見不同於山谷間的民家，交雜著茅草和屋瓦的大房子，全都建基在保持平衡的平穩石板上。這類高級住宅彼此間隔一段距離，但風格一貫。不久，在山嘴側面開闊成研缽狀幅度陡降的景觀中，穗子姑母把車子停下。我們在同一個高度，越過平闊縱深的山谷，看著藍煙裊裊的山巒層疊。

「這附近是四國山脈，在山脊間蜿蜒著幾條通道，我們的先祖好像就是逃到這片森林深處。我想他們也曾懷抱著開拓新天地的夢想吧？真是可憐哪！」穗子姑母眺望環山，感嘆地說。ＩＹＯＯ正扶著祖母下車。

「當我收購栗子，用兩輪拖車推到這兒，站在這個高度時，也想過同樣的事情。但是年歲漸增，再來俯視這座山村時，我覺得光是這裡就足夠人們生活了，我想人們的足跡是無法一一踏遍這樣大片山坡的。這裡的幅員何其廣大遼闊呀！

「《森林傳奇》的故事，也因為在這廣袤之中，所以能長存於人們的心中吧！而為了《森林傳奇》而做音樂的，只有ＩＹＯＯ一人吧！……我還曾經在這裡聽ＩＹＯＯ

送給我的卡帶，深切地懷想著《森林傳奇》。ＩＹＯＯ，最近作了什麼曲子呢？」

「叫做〈棄子〉的曲子。」哥哥斬釘截鐵地回答。

吃驚的不只是我而已，祖母也是，穗子姑母也是，那一瞬間身體和臉孔都朝向他，凝住未動且緘默無語。儘管隔著年齡，祖母她們的樣子，讓我覺得類似於對待親生子女的態度。我懷念起遠在加州的母親，很想大聲地呼喊：「也請幫助我的這個『困境』吧！」在波濤洶湧中，哥哥泰然自若，走近路旁較低一階，為了摘採果實，經過剪枝高度較低的富有柿的田圃，把臉貼近黃紅斑駁的葉子，撫觸著陣雨掠過懸垂欲滴的光亮水珠子……「ＩＹＯＯ，如果太靠近柿子樹的話，會被懷疑要偷摘果子吃喲！」我說出了與心底湧現的想法不一致的話。

「不會，不會！誰都不會這樣想。」祖母又恢復微笑地說著。「如果是十年、十五年前的話，老百姓都會架設鐵絲網吧！現在都已經改變了，剛才我們來這兒的途中，農家的門口不是到處都堆積著小山一樣的熟柿子嗎？上市的時候，過熟的柿子會先淘汰掉的。所以小孩子去吃也無所謂的！……小ＭＡ呀，現在兒童的生活已經有了驚人的改變了！我們小的時候，穿著草鞋，用紅細帶繫著單層的和衣，地面上放著枯枝，燃起火堆，把衣服捲到腰部，然後用小竹簍撈溪水，……妳有《近世兒童風俗》或《兒童歲時記》之類的書吧?就和書上畫的插圖一模一樣!」

「祖母還在近代呀,我們都已經超越近代到現代啦!IYOO他們早已涉足未來了呢!」穗子姑母這樣說著。

「那麼,我們近代和未來一起來慢慢聊吧?IYOO,我們來聊一聊作曲的事吧?」

「好啊!來聊一聊!」哥哥立刻表現出感興趣的樣子,身體從柿葉中離開,回到祖母那兒去。

「我們現代二人組也到上頭去聊一聊吧!」穗子姑母這樣說。近代和未來似乎出乎意料地真有一致性哩!

穗子姑母把我拉到一旁——同為現代人——想要問我的話仍是環繞在〈棄子〉的問題上。穗子姑母很實際的思考方式,也像是她的行事風格,她認為:「如果是因為父母長期地滯留美國大學,而讓IYOO有了棄子的感覺,就應該打電話叫父親立刻回國。K是日文的小說家,特別是現在美元貶得特別低,在美國很麻煩,沒有必要當駐校作家。雖然說和教授同事的溝通也很重要,不過時常在英文裡夾雜著法文的人能夠溝通得多好呢?上一次電話裡,K自己也老實地承認這一點。」

我無法把父親遭遇「困境」的事告訴穗子姑母。但是說了:「雖然IYOO寫下了

〈棄子〉的曲子是事實，但是事實上在創作的過程中，並未見他為此感到痛苦的樣子，而且作曲完成的時候，始終熱衷於結尾部分的合音，比起主題『棄子』，感覺上更專注於技巧性的完成……」等等。

山巒起伏有致，穗子姑母把車子停在地形突出的山角，往上攀登幾步，研缽狀的山谷便盡收眼底。和道路同樣短而彎曲，閃亮的溪流上游，茂密的檜木林山丘仿若森林離島般地突出，年老的杉木粗獷地挺拔其中。在那兒看見水泥做的箱型建築物，突兀地伸出一座大煙囪。一瞬間，煙囪裡靜悄悄地冒起一陣陣白煙。穗子姑母表情嚴峻地向下望著煙囪，陷入沉思的樣子。

「……我獨自一人時常會抬頭看陣雨過後，萬里無雲的晴空。」這時，我正好面對太陽，因此打了個噴嚏。也許是僥倖成功，這個噴嚏讓穗子姑母從ＩＹＯＯ「棄子」的事，或者大伯父火葬的事，也可能是兩者的沉思中解放出來，興奮地抬起頭，朝著我說：

「啊！小ＭＡ看著太陽也會打噴嚏呢！Ｋ在中學時，曾在雜誌上看過這類的報導。所以他想做個實驗，太陽和噴嚏真的有關係嗎？因為調查的對象有限，所以要我每天早上看著太陽，真是辛苦。那時候的Ｋ，和小ＯＯ一樣，都是理工科系的人。」

於是，穗子姑母也瞇起眼睛朝著西空的太陽，打了個可愛的噴嚏。為此，我們笑了好久。我尋思了一會兒，試著問：

「我好奇父親更小的時候，他在碾小麥粉用的水車小屋中，讀了阿西濟聖方濟的故事後，開始為靈魂得救的事煩惱不已，是真的嗎？」

「是啊！是真的。在下游那裡溪流的分歧點，有一邊的溪岸是亮的，另一邊是暗的吧？從幅員狹窄比較陰暗的那一邊，K把小麥粉的袋子抱在胸前，弄得滿臉都是白粉地回到家來。說是那兒樹蔭下『這附近的阿西濟聖方濟』會不會出現來引誘他，害怕地都哭了，眼睛成了狸貓似的。」

「父親在演講的時候，曾經說過穗子姑母說他像是白猴子……」

「在記憶中都很容易將自己美化了。其實是一隻很瘦的狸貓，像豆狸。……那之後，K似乎開始恐懼為了靈魂得救，自己必須拋棄一切的日子終於來臨？我們一起上高中的時候，確實就是如此。當朋友邀他要不要一起讀聖經學英文，他立刻就沉鬱起來……

「大哥似乎也很在意這事，擔心K是不是在東京加入了什麼宗教團體。『政黨團體倒是無所謂的。』——他悶悶不樂地說，若真是如此的話，就社會的意義來說，K並不成功吧。仔細想來，他們兩人都受到靈魂得救的威脅，真是可憐的年輕人。至少他們其中沒有一個為靈魂得救而發願，雖然這些都已成雲煙往事……

「和這些事連結在一起的，就是祖母提起ＩＹＯＯ作曲時所說的《森林傳奇》。那是Ｋ從曾祖母那兒聽來的故事，但毋寧是靠Ｋ的力量所發掘的奇異傳說。那時後的Ｋ就像個理工科的小孩，試著對這傳說做各種解釋。他甚至說可能是從太陽系或太陽系以外的宇宙，最後以火箭送來『森林傳奇』，並且以此作為發端，開始了這個行星的文明。當時的我還是個單純的少女，光是想到『森林傳奇』的火箭上，塞滿了遙遠星球的孩子們，被遺棄在這個地球上，心情便感到無比地寂寥。

「……想來，ＩＹＯＯ和我想像的字彙可能很類似？罪魁禍首大概也是Ｋ，兒時的我對於『森林傳奇』的火箭會感到寂寥，一定是Ｋ說過類似行星間的棄子這類的話。說不定他對著ＩＹＯＯ，也說過這樣的語彙？做了這麼粗心大意的事之後，自己卻和ＯＹＵＵ跑到美國，沒想到他竟是這樣的人。」

在路邊柿田的石垣上，看見和ＩＹＯＯ兩個人背靠背相互倚賴的祖母，忽而聳起她瘦小的雙肩，重新拄起她的枴杖，朝我和穗子姑母揚了揚右手。原本和ＩＹＯＯ看來像是默默地眺望著森林，日光和柿田明艷的桔紅色的反照，其實祖母正強自忍耐地和ＩＹＯＯ交談。這回，她小跑步地走近我們，以振奮的語調說：

「名為〈棄子〉的曲子，說得更詳細一點的話，是『拯救棄子』的意思喲！

「ＩＹＯＯ每個星期二，不是會從福利工作中心到公園做打掃工作嗎？那一天好像不是ＩＹＯＯ當班，不過他的幾個朋友救了一個被遺棄在公園的嬰兒。於是ＩＹＯＯ下定決心，如果自己當班的時候發現了棄子的話，一定要拯救他。這就是為什麼他胸中醞釀著『拯救棄子』這樣的曲子！」

「啊！原來如此，ＩＹＯＯ！這麼說來的話，他知道打掃公園時撿到棄嬰的事。……不過，這已經是幾年前的事了，所以當我聽到『棄子』這樣的曲名時，並未聯想到這件事。當我問到他是否是首悲傷的曲子，他也不否認，原來是『拯救棄子』的意思！」我發自內心真心感到喜悅地說。

「啊！原來如此！」穗子姑母和我理解的方式雖然相同，但我們也各依性格按自己的方式去詮釋。如果這個行星的人都是棄子的話，ＩＹＯＯ作曲所表現的精神，是何等地壯大啊！

# 潛行者

弟弟從深夜的電視電影錄下塔可夫斯基的《潛行者》，很難得，ＩＹＯＯ和我一起看到最後。因為對他而言，電影配樂是有趣的，我想可能是印度音樂吧！不過聽起來不大熟悉。電影將近終了時，有一幕情節是：籠罩在火車聲響和震動之中，鏡頭一直停在小女孩臉上，故事裡的孩子不可思議地以眼力移動了三只造型各異的杯子。哥哥照例席地躺臥在我腳邊坐墊上，他還坐直身子，發出「咦!?」的驚嘆聲，他之所以發出聲音，無非是應合著這一幕的前半段：因為孩子使著眼力——暫時不去討論——使小狗似乎感到異樣，害怕地發出狺狺之鳴，而哥哥一向最討厭咆哮的狗了。最後，電影裡隨即響起貝多芬第九號交響曲《快樂頌》配樂，那時，ＩＹＯＯ確實挺直了脊梁，激動而熱切地指揮了起來。

因為電影片長三小時，看完後覺得疲累異常，因此晚餐的準備比事先計劃的簡單許多。吃飯本身很快就結束了，不過在餐桌上我和小ＯＯ聊起這部電影，當然，我主要扮演聆聽的角色。昨晚，弟弟雖然要準備考試，卻很擔心影片的錄製效果，所以在放映結束之前，不時地下樓探看。每一次下樓來，便會看上許久。又因為電影中間必須插播廣告，他猜想我大概不喜歡，所以有機會就把廣告切掉；此外，影評家的「五分鐘解說」也略過不錄了，曾經在雜誌封面上看過這位影評家穿著美國警官制服的照片，相當肥胖而又精神奕奕。我覺得《潛行者》整體的氣氛似乎不夠連貫，雖然原本也想聽聽那些人究竟會有怎樣的評語。

如果試著整理晚餐時和小ＯＯ的談話，我想大致的內容如下，不過我無法完全道出他的遣詞用句，因為小ＯＯ說話時，我聽著聽著，自己也幾度出神想著別的事情。弟弟突然地說：「我幾乎沒怎麼看電影，而且《潛行者》本身也不太好看吧！不過有些事值得思考。……小ＭＡ，妳覺得呢？」

「我覺得整部電影似乎沒什麼張力……例如平原的那一幕，人物都集中在一起，周遭的許多東西有充分的時間可以在畫面上帶出來吧？雖然如此，場景卻一直保持不動，不過，這時候就像看舞台劇一樣，可以用自己喜歡的方式觀看人物的種種，對於像我這種反應遲鈍的人來說，還算不錯。」

小ＯＯ，套一句他的口頭禪，大體上把我說的話聽進去了。此外。他還說了：「導演塔可夫斯基雖然是描述一個遭到大隕石墜落而瞬間毀滅的村莊，不過說是暗喻車諾比核爆事件之後的村莊，應該也說得通。當然，如果現在立刻帶人去那兒拍戲，受到輻射感染就糟糕了。我很喜歡潛行者朝前投擲綁著絲帶的螺絲帽，並以之字形匍匐前進的潛行方式。這令我懷念起兒時在北輕井澤玩過的探險遊戲，認真地信守約定，遵守自己所訂下的規則。想起來，自己似乎已經老了……」

「潛行者比起他所帶去的教授或作家，有著更壯碩的肉體和精神毅力，同時他又比任何人都更容易感到疲累。甚至躺在地面上、痛苦地喘息著的那個鏡頭我也很喜歡。高中的時候，參加徒步越野競賽，有一次奔跑時滑倒在草地上，心裡還覺得真幸運，緊緊地擁抱著地面，誇張著自己的疲累。旁邊一個觀眾也沒有，只是自己做給自己看。如此，覺得能夠非常真實地掌握住我和這個地球，甚至和這個肉體的關係。

「導演塔可夫斯基整部電影在形式上是不是講這樣的事，我不知道。不過，大體上，我心裡想的是：『世界末日』的來臨。但也不是立刻就降臨，在我們有生之年，說不定還不會來；而是以踟踟躕躕的速度趨近，我們除了以踟踟躕躕的方式生存著等待，也別無他法。雖說是如此，當然，我們內心應該會興起事先唰地張望一下——踟踟躕躕但終於來臨的『世界末日』是什麼樣子的念頭吧？藝術家的工作，大體上不就為了這些嗎？」

我心裡一邊想著，弟弟果然是比自己聰明哪！另一方面，自己也聽得模模糊糊，因為腦海中總是浮現電影剛開始時的鏡頭：潛行者太太那痛苦莫名的模樣。雖然驚異於電影預告片段中所看到的「成人電影取向」：妻子受慾望所苦那類型的鏡頭，不過潛行者的妻子顯然是為靈魂所苦，而不只是自負的小ＯＯ參加徒步越野競賽在草地上跌倒後緊緊貼著地面、那種單純肉體上的疲勞而已。

潛行者的妻子是個黯淡地隱忍著熱情的美麗女人，即使在發作似地痛苦倒臥於地板之際，寧靜地受著苦的軀體，也是美的。無意間會令人聯想到「成人電影取向」的，大概就是倏地展現了官能性的美感吧！我想如果是小ＯＯ，不就會這樣去分析嗎？至於我自己，絕對不可能有如此曼妙的軀體，但與其說是羨慕希冀，不如說是出於一種崇敬的心情。再者，妻子對於苦勸不聽而執意要和客人前往危險「禁區」的丈夫感到絕望，於是她說出：「和你結婚是個錯誤，所以才會生下『被詛咒的小孩』！」這樣的話，我的心整個被吸引住了。

總之，他們最後平安自「禁區」歸來，筋疲力竭的潛行者也領略到「禁區」核心的「房間」──進入這個房間後，人類就得以蒙受靈魂的喜悅──事實上，客人們並不真正需要這些，他因此感到絕望。潛行者深信著「禁區」可以讓墮落的人重新站起來，認真到令人可憐的地步。回到家，妻子服侍那位潛行者上床休憩之後，突然就回頭朝著觀眾這一邊，像是接受訪問似地對著攝影機，開始述說心中所思。因為我和弟弟都很少看電影，不知道劇情片是否經常採用這類的手法──儘管我的外祖父曾是位電影導演，舅舅也是現任的導演——我真的很喜歡這樣的鏡頭。妻子憶起當初：由於丈夫是個魯鈍的青年，大家都當他是傻瓜，所以自己和他結婚時，母親也十分反對，還說潛行者是被詛咒的，生下的小孩也一定很奇怪。此外，潛行者的妻子還說，自己之所以和這個人結婚，是因為：比起一直過著單調的生活，那種即使痛苦、但偶或感到幸福的生活方式，總是比較好的；這或許只是穿鑿附會的後見之明也說不定，總之，她是這麼想的。聽她這麼說，我很想叫出來：「不！這不是後見之明，妳從一開始就很清楚，而且這樣的想法是對的。」

與此相關，還有一幕我想是很重要的，不過我不大懂，翌晨，我試著問小ＯＯ。弟弟一旦要和我談電影，似乎是性格上使然，一定要在我和ＩＹＯＯ回到房間之後，騰出讀書的時間，然後好好把這部長片看完，才願意和我談。

「小ＯＯ，那條金色的圍巾，好像叫『普拉托客』（Платок）吧！爸爸也曾在莫斯科買過，記得嗎？不過，我想問的是關於圍著那頭巾的小女孩的事。在電影裡，母親兩次說到『被詛咒的小孩』，而他們到酒館去接潛行者時，因為母親拿著殘障用的枴杖，觀眾就知道小女孩不良於行，但是不知道是否還有其他殘障？很漂亮的……」

「我想她是能夠憑著自己意識的力量，以所謂的念力，移動物體的小孩。就這一點而言，比起潛行者，她豈不是具有更新、更不可思議的力量嗎？在她以眼力移動三只不同杯子的長鏡頭裡，如果把錄影帶倒回去看的話，感覺正好相反：好像是她把杯子吸引過去似的，十分有趣。所謂『被詛咒的小孩』，恐怕是她自己、是周遭人都還不了解的吧——她其實是個具有超現實力量的小孩？」

「移動杯子的鏡頭有兩個吧！剛開始和結束時。在剛開始時，那孩子仍在沉睡中，而外頭的火車轟隆作響，我想那是他們向來就聽慣的吧！火車駛近公寓時，鏡頭上拍攝桌面的東西因震動而滑動，似乎是合理的。導演塔可夫斯基喜歡這樣的拍攝手法，不是嗎？最初並不明白是什麼意思，後來的發展，才傳達了其中所隱含的深意……就像潛行者後來才告訴教授和作家為什麼要在螺絲帽上綁絲帶的情形一樣。影片結束之後，才不禁教人懷疑：那移動，果真是火車震動所引起的嗎？

「我是唸理工的，雖然因火車震動而移動的理解方式和自己比較對路，不過，我想故事裡要表達的還是念力吧？看的時候，我心想：啊！這就是預防『技師』的策略！我曾經聽爸爸說過，在蘇聯，有一種代表地方或都市知識分子大眾階層的『技師』，專向文學或電影投書批判。因為『技師』透過科學性的實踐，鼓勵社會主義建設，所以他們認為應該比作家或電影導演更偉大。如果『技師』因無法理解而寄來投書，可能就有麻煩了。因此，預先說明杯子移動是因為火車震動所造成的，可能只是導演的因應策略。不過，我認為導演塔可夫斯基要表現的，確實就是那位能將精神力量投遞給物體的小孩。」

「我大約也是這樣猜想的，雖然思考時不像小ＯＯ這樣，考慮到『技師』這層。……如果真是採取這樣的角度去看，我想，那個圍著金色頭巾的小女孩，豈不是給人耶穌『重臨』時的意象嗎？潛行者不是讓孩子騎在肩上，走了很長的一段距離嗎？我想，這雖然也是導演塔可夫斯基經常運用的手法，在路肘處轉彎前，畫面上不是一直停留孩子騎在肩上走路的鏡頭嗎？不也曾有個背負基督聖嬰的人嗎？叫做克里斯多夫吧？我想，這正是隱喻著同樣的事?!」

「基督『重臨』的時候是非常可怕的，首先會出現反基督，而世界也會陷入一片混亂當中。」

「隕石墜落的『禁區』本身，不就可以視為世界徹底混亂的印記嗎？如果我是俄羅斯的農村姑娘，當然會將這樣的大災難視為耶穌『重臨』的前兆。」

「的確，反對女兒嫁給潛行者的母親，似乎隱約感覺到孩子是不祥的前兆，因此會說孩子是『被詛咒的小孩』吧！其實，我並不太懂這部電影，不過，之所以不懂，我想是我的理解力不足。」

「小ＯＯ，謝謝你陪我聊這些，我覺得比起剛開始，現在清楚多了。其他的就讓我獨自思考吧！」

其實，我還想著的，是另一個問題。自從父母親到美國之後，我會特別想起有關母親的種種細節。不過，也僅止於此而已，並未單就某一件事沉靜地做深入的思考。而我最先想到的是：關於「潛行者」的母親。

而後，我圍繞著母親的問題思考——與其說是思考，對於散漫的我來說，不如說是浮想——便是由此發端的。現在，如果從「家庭日記」的角度來書寫的話，不過是既單純又簡短的內容，然而這想法卻在腦海中持續加溫一段很長的時間。一方面我知道實際上並不可能，而另一方面我不禁思忖著：媽媽是否會把ＩＹＯＯ視為「被詛咒的小孩」呢？或者，爸爸是否有可能跟媽媽說出：「妳生了個『被詛咒的小孩』！」之類的話呢？——這類父親平日特有的危險玩笑，也就是爸爸雖沒預想到會傷害對方的感情，但卻容易被誤解、以致既傷害到自己，又讓對方生氣——我不禁想像著這時母親可能的傷痛與悲戚。

當然，這只是我的假設而已。但如果過去確實發生過這樣的事，那麼，爸媽結婚已久，而自ＩＹＯＯ出生迄今，也當了二十五年的夫婦了，現在兩人第一次在國外生活，某一方面來說，不也是為了努力癒合、重建曾經有過的傷害、破壞嗎？……每思及此，雖然我把它想成只是我的假設——以作為意識上的保險閥，但仍是筋疲力盡踉踉蹌蹌地躲進被窩裡——但是這時，感覺上卻無法如往常般依附在ＩＹＯＯ的身邊去，求取無言的援助，換言之，反而完全陷入了所謂的傷戚的心情當中。

即使後來帶ＩＹＯＯ到重藤先生家上作曲課時，我也不斷地思考著《潛行者》裡的對白。雖然只有在深夜，才會浮現那種父母親可能把ＩＹＯＯ視為「被詛咒的小孩」的恐懼，但是這種恐懼，現在卻鮮明地印在腦海裡。不過，在大白晝，這種奇想，似乎是太愚蠢了，以致無法宣之於口，倒是關於圍著金色頭巾小孩的故事，則詳詳細細地和重藤夫婦說了。

「《潛行者》嘛……我沒有看過這部電影，而且也沒有聽過這樣的俄文。既然是電影片名，那麼或許是引進英語或什麼的新詞彙，在日本也經常使用這個字吧！如果是stalker的話，那麼意思是指追捕獵物的人。如果是stolker的話，不就是火伕嗎？……父親疼愛地讓圍著金色披肩以抵擋寒氣的小孩騎在肩上走回家，這一點也不像是父母白天口中所謂的『被詛咒的小孩』。潛行者的妻子是個軟心腸，除了說些抱怨的話之外，也沒別的什麼……，而父親也不願帶妻子到危險的『禁區』去，足見他對家人深愛之切。

另一方面，父親又懷抱著使命感，引領懷有特殊目的而去的人們，換言之，因為熱衷於『禁區』，即使沒有固定工作也在所不惜。雖然妻子對此有所抱怨，但其實在乎的是父親的安危——說起來還是很恩愛的家庭哩！」

重藤先生說話時，重藤太太坐在一旁，雖然微微地笑著，但臉上的神情卻急切地顯露出希望他謹言慎語的樣子。

「雖然導演塔可夫斯基的意圖，都完整地表現在畫面上，但因為我的理解力不足，總覺得可能是這個、也可能是那個，沒有個定論，比方說以視線移動杯子的孩子，究竟是『重臨』的耶穌？或是反基督呢？」

「因為我自己沒看過這部電影，所以也無法表示什麼意見。……不過就小ＭＡ所說的內容聽來，隕石墜落之後，整個村莊就不存在了，這當然是一場大災難。毀滅之後就會呈現出期待『千福王國』的氣氛，被視為彌賽亞的人物也會頻繁地出現在這世上。潛行者果然是以這樣的身分存在，或者其實未然。他寧可扮演著帶領眾人進入『禁區房間』這樣的角色。進入房間之後，要不就是達成拜訪者內心悄然的願望，要不就是以此為始，引人絕望到自縊的程度。但是，場所畢竟不是人呀！

「如此看來，還是那個小孩子的力量所使然吧！雖然她還未開始正式地發揮她的力量，不過潛在能力似乎是無可限制的。即使保守地想像，她也極可能成為第二代的潛行者，我想她能夠替代具有使命感、善良但魯鈍的父親，而成為非常高明的潛行者。從這個角度切入的話，接著自然便要問她是基督或反基督的問題。電影中，引導著人們走入水中也包含了洗禮的意象，最後如果在『禁區』的『房間』完成了救贖的任務，那麼就可以說是基督本身。但是，當人們大舉進入『禁區』因而死亡，或者說得好聽些，實現現世的願望，其實不過是慾望而已的話，結果掀引了更大的混亂，不就成為所謂的反基督嗎？這之後，即使是耶穌『再來』的時候……我個人認為，孩子成為彌賽亞，以指引隕石大災難之後的『千福王國』這樣的說法深具魅力。

「孩子集中意識於眼力而移動桌上杯子的期間，小狗曾不安地狺狺哀鳴。有可能是因為小狗比人類的耳朵反應更靈敏，注意到遠方來的火車，尤其小狗才剛來到這間公寓。最後，火車的聲響一拔高，移到桌沿邊上的杯子便摔碎在地板上。此外，因為長鏡頭對準著杯子的緣故，得以清楚地看見小孩的臉，她的表情顯出對破壞性聲響感到愉悅，……接著就聽見音樂響起……是貝多芬喲！ＩＹＯＯ！」

「對，是《快樂頌》。如果全部演奏的話，要二十分鐘以上，但是電影只有很短的時間。」

我不知道哥哥是否了解從一開始重藤先生、重藤太太的談話內容其實十分嚴肅，但一提起音樂，哥哥的神態就顯得十分喜悅。

「小ＭＡ花了很多時間和ＩＹＯＯ在一起，所以和他經常有共同的話題呀！而且態度如此地自然，小ＭＡ是個了不起的人物呀！ＩＹＯＯ。」

「那是好的意思嗎？」哥哥顯得很專注。

「那是最好的意思了！」重藤太太回答他。重藤先生則又顯露嚴謹的神情。

「我也覺得小ＭＡ是個了不起的人物。」哥哥這樣說。

翌週的週四雖然沒有作曲課，但是重藤太太來電話邀請我們過去玩。我想重藤先生是樂於教ＩＹＯＯ上課的，但是這一天，他對於一起前來的我和哥哥，總令人覺得有點異樣，迎門時一副比平日更高興的樣子。我相信哥哥應該也喜歡到這裡來上作曲課，但是他卻顯得比平日更猶豫不決，從我身旁探出頭，好像想聽聽重藤先生要說什麼。於是，重藤先生很快地說明邀請我們前來的原因。

「我也看了《潛行者》。在一位俄國文學家朋友家看的，是錄影帶版，朋友說版本大致上和小ＭＡ所錄的是一樣。先要說的是『潛行者』這個字，就像上一次所揣測的，是由英語stalker翻譯成俄語，就是字幕所出現的Сталкер。」重藤先生唸出來之後，又把它寫在紙上。

ＩＹＯＯ看見這極罕有的字形——赫地一聲，露出無限驚奇的樣子。「我的朋友查了他的現代俄語辭典，但是查不到這個字，後來又翻閱學院的四大卷、烏沙柯夫出版的四大卷以及歐傑可夫出版的辭典都沒找到。甚至七〇年代的新語辭典等還是找不著。換言之，與其說是俄語，不如說是外國語，而說是外來語，也還是很新的字。我的朋友讀過小說原著，雖然文中也出現過Сталкер這個字，但是與書名好像完全無關，小說是斯特魯格斯基兄弟的《路邊野餐》，不過作為電影的片名，我覺得還是這個比較生動一點。」

「……對不起，讓您費工夫查得如此詳細，我想我不該對學者隨意提出問題。」我誠惶誠恐地道，和我並坐在沙發上的ＩＹＯＯ也因緊繃而身體僵硬。

「不會，不會。最近懶得出門，當然也不會特意去電影院，如果不是小ＭＡ告訴我，我想我也不會知道這部電影。潛行者是很好的演員哩！能夠真實地表現出自己內心的苦痛，就如同他太太所說的那樣，把魯鈍又被人愚弄的樣子演得很貼切。再者，在內心中暗自引以為苦的美麗妻子，卻又說自己愛他，沒辦法還是和他結婚，這也是有可能的，很能夠說服觀眾。」

「我覺得妻子的角色特別好，抽菸的樣子很桀敖不馴，甚至讓人覺得帥氣，而且在俄國人當中並不算胖，雖然沒有根據，不過我想她是猶太裔。」重藤太太一邊專心地處理要招待我和IYOO的小羊排肉塊，先把骨頭前面部分的脂肪切除，然後在連接短骨的肉塊上塗抹搗碎的蒜泥；一邊這樣說著。

「這男子把內心的一切都坦露在外，是很脆弱且易受傷害，所以他的妻子一直都保護著他！再加上那個孩子，做妻子的也夠辛苦哩！」

我心中想到的卻是在一旁忙碌著的重藤太太。雖然重藤太太膝下無子，卻要支持重藤先生，光是不斷激勵他工作——這種工作必須配合心情——就夠辛苦的了。看著裝做若無其事的重藤太太，臉上微微地反照著潮紅，彎曲著小巧的指尖，不斷地將蒜末塗抹在羊排肉塊上。

朝著太太看了一眼的重藤先生，維持著往常謹慎的模樣，以!?[5]的表情繼續說著。

「潛行者身上也經常出現犯罪者潛在的危險性格：對於剛要丟擲鐵撬，或毫無意義地在蔓草中梭巡的客人，經常會激憤地警告他們那是很危險的！他的反應也很具真實感喲！儘管脆弱又容易受到傷害，但是暗暗地充滿著激烈的情感，總言之，他身上所潛藏著的

---

5　表驚異之意。

犯罪者性格，其實是很可怕的……。此外，小ＭＡ，我覺得那孩子並不是『末世降臨』的基督，她父親身上流著犯罪者危險性格的血液，似乎和基督談不上有什麼關聯。如果那孩子是母親處女懷胎，還有可反駁之處，甚至我也從那孩子的眼中，感覺到某種邪惡的力量。若果真如此，那孩子便是負有任務，要來這個世上破壞一切。換言之，便是要成長為反基督的人物，至少在目前可以做出這樣的結論……」

「那麼，在火車的聲響中，聽見了《快樂頌》——又該如何解釋呢？」ＩＹＯＯ還激昂地指揮了起來呢！

「就是啊！」ＩＹＯＯ也搭了腔。

「快樂的破壞！不也有可能嗎？在徹底破壞之後，不就是耶穌基督『重臨』的時候嗎？『千福王國』的喜悅隨著破壞一起邁進，然而人類的歷史一路走來，卻有不少事件的不幸結果是，彌賽亞始終未出現……」

「重藤先生，你說話的條理越來越難理解了。」重藤太太這樣說，猶如推出了救難小艇，我確實無法跟上重藤先生的談話。「你自己尚未深思熟慮之前，就不能對小ＭＡ這樣說，說得煞有介事似地。……小ＭＡ，到我這裡來，把注意力轉移到料理這邊來吧！好好地記住在香草葉和鹽裡該調和多少比例的胡椒。最近在超市也有賣上等的冷凍羊肉，很容易買得到喔！有個外國人告訴我，這是在日本唯一便宜又上等的肉喲。我們晚餐就可食用，喜歡的話，偶爾也可以做給IYOO吃喔！」

於是，我和重藤太太站在狹窄但井然有序的廚房裡，做起晚餐來。這段時間，重藤先生和IYOO兩人則在舊LP唱片和從廣播上轉錄下來的錄音帶堆積如山的桌邊，擺出專家之姿，聆聽幾個不同版本的《快樂頌》。

晚餐之際，IYOO得到重藤先生的讚譽，關於演奏《快樂頌》的任何一個版本——甚至是第一次聽到的唱片——都能夠正確地掌握所需的演奏時間，重藤先生並附帶向妻子說明，這關乎一位指揮家風格的掌握。聽了重藤先生這樣說，我了解到重藤先生是把IYOO當成大人般志同道合地談論，而對他真心感到佩服。

「一開始時，就明顯感覺到這似乎是太快了點，聽到最後，我便想起記憶中這演奏確實是快速的。或者相反地，也有非常悠緩的演奏，特別是福特萬格勒、托斯卡尼尼，聽過幾次的演奏都是如此。不過，記憶這東西就是這樣，雖然自己確信不疑，卻仍常常會錯誤。如果是我自己，對於這種錯誤是不會在意的，如果不是IYOO告訴我的話，我想我到死都會犯這個錯誤。因為我們剛才聽了幾種不同版本的《快樂頌》，只對照聽最初的部分，談到其中演奏速度的話，我和IYOO各自採行了不同的演奏方式。ＩＹＯＯ似乎總是能夠冷靜地集中精神，確認這個和那個、甚至另外一個的演奏時間大致是相同的，而我選了和自己印象中不一樣的版本，用碼表一量，就如同他所說的，相差不會超過三十秒。」

重藤太太銀框眼鏡後面那對深邃的眼睛，就這麼骨碌碌地朝著ＩＹＯＯ打轉，發出孩子般的感嘆，說：

「就差三十秒，幾乎可說是完全一樣了嘛！」

「我想大致上是一樣。」ＩＹＯＯ慎重地回答。

「ＩＹＯＯ聽音樂的能力很厲害哩！一定要好好傳授給重藤先生喲！」

「正所謂青出於藍哩！我想這是理想的教育關係。」重藤先生裝模作樣一本正經地回應著。

晚餐之際，ＩＹＯＯ發揮了他玩笑的本事，逗得我們不斷地發噱。照舊，我們以重藤先生為中心，繼續《潛行者》的話題。當我們的談論回到了潛行者讓小女孩騎在肩上走回家的鏡頭時，這一次因為重藤先生談起了小狗精湛的演技，所以和重藤太太之間有了一陣子的意見交換。重藤太太認為除了像電影裡的名犬萊西、任丁丁之外——因為牠們的角色都已經固定，已不只是原本的演技引起觀眾的注意——所謂名犬精湛的演技難道不是偶然的產物嗎？出乎意料之外，重藤太太對於電影竟是博學多聞，她舉出了許多名犬出現在鏡頭前的著名場景，偶爾也旁證重藤先生的意見，席間十分有趣。過了不久，重藤先生暫時朝著這樣的方向做了結論：

「如果這樣說來的話，最徹底具有意識性演技的動物明星，大概就是迪士尼動畫電影了。說到這兒，卡通人物貝蒂娃娃早期還畫成母狗哩！我曾在一位收藏家的個人放映會中看過。」

「是真的嗎？……」雖然不知道為什麼貝蒂娃娃的事闖入了我們的話題，重藤太太對此似乎提出了些許的異議，但是整體來說大家對今晚的閒談似乎都感到相當滿意。

重藤太太笑咪咪地要哥哥再吃一塊羊排，但是自從在福利工廠哥哥注意到體重持續增加以後，除了第一次拿的分量之外就絕不再多吃，我向重藤太太說明哥哥之所以拒絕的原因後，重藤太太輕鬆地轉移話題，詢問哥哥：

「ＩＹＯＯ，那隻大狗出來的時候你也看到了吧？」

「那時，ＩＹＯＯ在我的身旁一邊作曲一邊看吧！就是小孩子騎在爸爸肩上回家，鏡頭還跟著他們蜿蜒地前進，ＩＹＯＯ也覺得很有趣吧！那時候也有一隻狗，是不是？」

「很可惜，我沒有看清楚，因為那隻狗跑來跑去。」

「沒錯啊！那時候，那隻狗的演技焦點就是刻意地跑來跑去呀！ＩＹＯＯ，你完全掌握住那畫面的意義了呀！」

突然，哥哥說：「我以前也常常騎在肩上！一股溫暖感從心底升起，因為以前我們經常騎在爸爸肩上。」

「爸爸讓你騎在肩上，是不是？ＩＹＯＯ。爸爸以前又肥又胖的。」

「我以前很健康的，因為那時候還不會發病。爸爸經常讓我騎在肩上。」

包括哥哥在內，我們都開心地笑了。就這樣，ＩＹＯＯ一直顯得精神奕奕而心情舒暢。這個晚上，我心想這才是像以前那樣樂觀的哥哥的樣子，因此，我甚至疏忽大意了。回家的路上，哥哥在重藤先生家門前的陡坡上不停地快速奔跑，實際上那時的我想起了以往他還身輕靈動的樣子。每年在北輕井澤日課的項目之一便是慢跑，如果我真心要追，是可以趕過ＩＹＯＯ的，但小ＯＯ則遠不如哥哥的速度和持久力。以前，哥哥真的很健康……

事後回想起來，到了車站往收票口要爬上階梯時，ＩＹＯＯ已顯出白天所未見的疲累。所幸在往新宿的電車上可以稍得輕鬆地並排坐下，讓身體得以休息。這時，因為旁邊有人，所以哥哥也未再談說家人的事，嚴謹而沉默地坐著，嚴肅的模樣倒和重藤先生稍有不同。那時的我甚且還不知道擔心：讓哥哥在新宿換車，會因為往郊區的小急田線十分擁擠而造成問題。在新宿車站的特快車月台上，有幾個醉漢插入雜沓的隊伍中，引起了一陣騷亂，那時我開始感覺到身旁的哥哥身體內部似乎起了變異。哥哥身體的外側像是貼在看不見的牆上，一張大號的人形皮影，毫無預警又顯得侷促不安，畫在人皮上那張緋紅的臉孔仍微睜著充血的眼睛，但卻什麼也看不見了。在吃驚得無法動彈的無力感之中，我攙扶著——或者說，纏繞著——哥哥的身體，企圖止息突然升高的體溫、和顯然已經發作的身體。

哥哥身體的重量向四面八方搖晃著，重心十分不穩的上半身已經沒有任何反應，就在那一瞬間，一股力量壓得肩胛骨咯吱咯吱地響……

接著，折返的電車上，乘客往對面月台下車之後，聽見背後傳來我們這一邊車門打開的聲音，不由得令我全身冷顫，因為隊伍立刻挪動了起來，而我仍支撐著如重物落地般沉甸甸的ＩＹＯＯ，雖然想抵抗如潮水般湧來的人潮，但是才走兩三步，便被後面的人撞將上來。現在我怎麼去跟所有湧上來的人去說明發生在哥哥身上的事呢？我甚至無法發出任何聲音。我和哥哥宛若肆無忌憚在人前相擁的情侶，並且妨礙了人群的行進，有些人顯然感到生氣，因為我正好面對他們憤怒的面孔。最後，我和哥哥被推倒了，這些疲倦麻木、甚至醉醺醺的人就這麼踏越過我們，走向電車。他們堅硬的鞋尖甚或踢到埋在ＩＹＯＯ後腦勺裡的塑膠板。恐懼和絕望充溢我的胸口，無法言語，儘是張著口流淚。即使在這時間，背後仍不斷催逼著，人最後的狀況是僅僅能站立起來，勉強不再倒下……

我立刻知覺到，原本是我打算支撐哥哥的身體，但其實是哥哥忤逆著行進中的隊伍反過來保護著我，而且在移動中，慢慢地和我的身體更換了位置。而後，直接的罵聲就啐唾在我們的耳邊，儘管如此哥哥傾斜著身體將擠壓過來的人潮勉力地推擠回去，終於牢牢將我防護在兩臂之間，直接面對湧進來的人群。在這樣的交界領域內，我腹背受敵的壓力頓時消失，行人之流似乎自然地避開我們而從兩旁沖刷而去。可能是這時候後面的人已經放棄搶到位子的念頭，往車門的移動也逐漸地緩和下來，我噙著淚仰望ＩＹＯＯ的臉龐，臉上的神情與其說是對他人反射性的敵意，不如說以沉穩強悍的姿態，往我頭部的正後方眈望過去……。

這時，哥哥似乎已能夠走動，我們避開新形成的隊伍，往一個月台階梯的內側移動，靠牆休息。即使在這段時間，哥哥仍是在牆壁和我的肩膀之間，將我圈在他的臂膀裡面。儘管哥哥口中仍吐出發作時金屬性強烈的惡臭，但臉上的表情已緩和了下來。如果不是有陌生人不斷地擦肩而過，我甚至想微笑地說些自己很可笑之類的笑話，我已然處在度過重大危機的安全感之中。

在我的胸中，驀地湧起一股不可思議的決心——也許ＩＹＯＯ潛藏著像反基督般邪惡的力量，縱令如此，不論到哪裡，我也要追隨著ＩＹＯＯ。為什麼反基督會和哥哥連結在一起？唯一的解釋是：《潛行者》中圍著金色頭巾的女孩子起了媒介作用。哥哥兒時的照片也大多頭上縛著繃帶、圍著布塊，或是完全罩在毛線帽裡的樣子……

此刻，像是有一道強光貫穿我的身體，連接而來的是邪惡的強烈喜悅——因為眾生芸芸，我能想到的卻只是哥哥和我自己——一列特快車從對岸月台出發，交雜著滾動在鐵軌上的聲響，雖然無法與貝多芬第九號交響曲相提並論，但仍然聽得見某種《快樂頌》，和在自己頭頂正上方ＩＹＯＯ柔軟的耳邊一起響起，我充滿了勇氣，準備好承受這一切。

# 自動人偶的惡夢

今天，首次恍覺已是初冬，一個晴朗的早晨。趁著陽光普照，正打算把洗好的衣物拿出來晾乾，剛好從廚房的角落望去，注意到換好衣服的ＩＹＯＯ獨立庭院，在陽光射入的玻璃窗對面，欣賞著磚牆邊上並排的觀葉植物盆景。我心裡一邊想著：做出這種「表演式」動作的哥哥應該有什麼意圖才是；另一方面，哥哥的血壓低，臉上似乎還殘存著幾絲愛睏的神情，而我心裡只擔心他肚子餓，非得趕緊弄早餐不可。

「ＩＹＯＯ，星期天還這麼早起，厲害唷！等我洗好衣服，就泡紅茶，你等一等喔！」

一旦ＩＹＯＯ顯得生龍活虎，我便是連洗衣服這種每天的雜事都做得起勁。我就像電視上看到的墨西哥洗衣女一般，捧著整籃的洗濯衣物到庭院晾曬後，便準備起早餐來。紅茶香馥濃醇，煎了的荷包蛋也像晴朗冬日的太陽。

回到餐廳一看，哥哥還像金剛力士似地叉著腿，站在那兒靜賞盆栽。這終於讓我理解到：ＩＹＯＯ想跟我說關於這些盆栽的事，相信這些事從起床之後就一直盤桓在哥哥的腦海裡。

「有什麼想跟小ＭＡ說的嗎？什麼時候都可以喲！或是我們吃過早飯之後，慢慢地聊？」

「就這麼辦吧！」

說到聊天，儘管已在腦海中深思熟慮過，ＩＹＯＯ卻無法用言語表達出來，不過終於還是問出了以下的內容：

「因為今天是十一月的第一個星期天！」ＩＹＯＯ開始說。「每年，媽媽都在五月初，把盆栽搬到庭院來，是『八十八夜』哩！」哥哥突然說出我早已忘得一乾二淨的事。這讓我想起來，十一月的第一個星期天必須把盆栽搬進屋裡。

哥哥很熟悉媽媽一整年的行事曆，於是媽媽不在的這段期間，似乎決心要由自己和我來執行的樣子。「ＩＹＯＯ，果然很厲害哩！」

「我一直記得喲！」哥哥打從心底高興地說。

於是，用完早餐之後，我選了些重量合手的盆景搬進屋內，庭院裡陽光照耀的地方仍讓人汗流浹背，但稍有陰影之處，便立即感覺到冬日的寒氣。這時，許久不見人影的ＩＹＯＯ拿著纏繞好幾圈寬皮帶和麻繩的環——大概是從父親的書庫裡找出來的。父親從上次清掃下水道開始，家裡四周需要出力的事都戮力以赴。而且，每一項工具都自己親手設計打造，如果成效卓越，就會露出洋洋得意的神情。哥哥所找到的皮帶環是用來搬運——不論搬往庭院或從庭院搬回——盆景中有四盆比較大而且比較重的觀音竹。原本我並不打算讓哥哥搬動這些盆景，因為不論哪一盆觀音竹都太重了。我像是要掘磚牆的牆角似地，只能以之字形的方式挪動這些盆景。若是硬使臂力雖然可以抱得動，但萬一滑落砸了腳，後果就不堪設想了。

不過，每年ＩＹＯＯ都仔細觀察了父親的做法。雖然ＩＹＯＯ的手法不怎麼漂亮，但是他在最大一盆觀音竹的盆器上掛上皮帶，然後在盆底裝上麻繩環作為安全裝置，就這麼抱著整株盆器，站起身來。我匆忙地避開哥哥面前的去路，趕緊打開玄關的門，又把室內拖鞋放好。我猜前面的去路應該會被整株觀音竹遮蔽而看不清楚，ＩＹＯＯ卻預先計算過玄關的高低，踏著步伐，脫下鞋子，進入起居室，並且平安順利地將觀音竹放在母親每年放置盆景的玻璃窗前……

ＩＹＯＯ前手未歇，後手又開始搬運起下一個盆景，為了給幹粗活兒的ＩＹＯＯ打氣，我便細心地在搬進室內的盆景上澆水。搬完了四盆觀音竹，ＩＹＯＯ顯然在使過蠻力後，肉體上得到了相當的滿足，但是又不能在屋內獲得解放，於是回到庭院，雙掌的手指撐在腰後，面向陽光，就這麼站在四照花下。我也走到戶外，看顧著花蕾已謝準備入冬的山草盆栽，感覺心情受到了鼓舞。我在小盆栽的表面上澆了水，雖然它們現在看起來像枯草一般，但我想起了春夏之交，繁花盛開的模樣，同時懷念起自己蹲在母親身旁，正在育花蒔草的母親一邊告訴我花朵的名字：像金魚便便大腹的布袋葵花；花中最艷、白如年糕的雪持草等……

這當兒，ＩＹＯＯ走到我的身旁，一邊把傾斜的盆栽重新穩立在地面，一邊親密地說：「這草花我們曾經帶到重藤先生家去！」原來哥哥和我想著同樣的往事。

「這一盆和蝦脊蘭同種吧！是不是叫做香水蝦脊蘭？開著薄茶色和白色的花喲！」

「味道好香哪！在重藤先生家初次登場的那天！」

初次登場是哥哥慣用的權宜說法；回想起來，往事仍歷歷在目：ＩＹＯＯ從養護學校中等部開始，便和一位父親熟識的編輯的夫人Ｔ老師學習鋼琴，同時慢慢理解和音的結構、旋律的連接方式等。最後，也開始學習作曲。後來這位Ｔ老師要到歐洲留學——雖然以前也曾經短期遊學過，但這一次至少要一年以上，母親或哥哥也不知如何是好。

父親的性格是那種不見棺材不掉淚的類型，現在事到臨頭，終於想起來可以試著問他大學時代的朋友重藤先生，是否能為ＩＹＯＯ上課。當時我對重藤先生的所知有限，僅僅知道他是東歐文學專家，不久前才決心要把生活重心放在真正令他快樂的作曲工作上。最初的約定好像是，要看重藤先生是否有興趣和ＩＹＯＯ共度新的轉機，總之先碰一次面再說。父親說如果自己帶ＩＹＯＯ去，說不定會給老朋友壓力——聽起來像是為別人考慮，但感覺上其實還是很以自我為中心——。母親則有母親的理由，她年輕時就熟識的重藤先生是個怪人，她很怕臨時發生什麼問題。結果是：由我陪哥哥去拜訪重藤先生。母親除了準備禮物送給重藤太太之外，還特地將自己精心栽培的山草花——剪得幾乎只剩青綠的葉子留在盆器裡——做成花束，讓我們帶過去。

這一天第一次見到重藤太太，豐潤的臉頰上戴著一副圓框銀邊眼鏡——後來她告訴我，是在布拉格的古董市場發掘的，她給人的印象就像是在溫暖家庭長大的小女孩，到了中年仍是一派的幸福。但是，堅毅的鼻梁以及柔和但緊張的鬢角，彷彿也凝滯了深刻而沉重的人生經驗。陰翳的目光停駐在ＩＹＯＯ遞出的山草花束上，並發出由衷的讚嘆：

「這些山草像極了蟲兒鳴叫時展翅的樣子，花瓣兒半透明褐色還帶點綠，真是漂亮！當然會有個相稱的名字吧？」

「我想是咕丁蟲草。」

「壓碎的話，聞起來很像蟲子的青草味！」高個兒的重藤先生從太太的身後探出頭來，就要用手指捏花的樣子，ＩＹＯＯ雖然不帶有攻擊性，但做出了制止的動作。

「不要亂來喲！這一朵朵可是稀有山草的花！」重藤太太一邊說著，一邊把花束往自己的身邊挪近。「謝謝小ＭＡ！謝謝ＩＹＯＯ！花束不能整捧地捧著，這樣拿著花坐電車一定很麻煩吧？花朵全都摘了下來，庭院裡不就變得很淒清？」

「採集、購買這些山草，即連照顧都由母親一手包辦，這些花也是她親手剪的。」

「就算今年的花季結束了，也沒傷害到山草本身，這樣剪摘的手法很好哩！」

重藤先生不僅未受太太那一番話影響，連ＩＹＯＯ的動作也無損於他的威嚴，儘管稍有愧色。他拿著大水瓶到廚房裝了水又折返回來，還從像是畫家工作服的上衣口袋裡，拿出好幾個色彩繽紛的玻璃瓶。過了一會兒，重藤太太說這種花不適合整束地插，因此我們分別將一朵朵的花莖插在玻璃瓶裡。一邊插著花，重藤太太一邊說了這樣的故事：

「小ＭＡ，雖然妳的父母親很了然於胸，但是也許妳會覺得重藤先生瑣瑣碎碎，動作甚至有點粗野，實在是因為他心裡很鬱悶的緣故。」

「我想若是要我過得簡單快樂，似乎也無不可。但是，我就是會細膩地旋繞在憂鬱的迂迴曲折裡，所以我也是個經常自我反省的人。」

「確實如此沒錯！」

重藤太太將插花的小瓶子，各自保持一段距離，幾乎擺滿了整個桌面。ＩＹＯＯ的臉依序地湊近花瓶，嗅著花香。

「重藤先生雖然現在是以作曲為業，但是並不能靠這個賺錢。以前翻譯的作品又絕版了……就像米蘭・昆德拉一樣，父親是音樂專家，自己也關注於民族音樂，我覺得重藤先生確實有很好的譯筆，正因為如此，現在他也在閱讀東歐的報紙、雜誌之餘，把重要的訊息提供給通訊社。」

「就這樣，有一群年輕的記者對於重藤先生從事的工作感到興趣，於是成立了一個研討會。但是這些熱心的人，將來個個都是專家（重藤先生修正說：不，他們雖然很年輕，但實際上已經是專家了），對於東歐的情勢卻都感到悲觀，為此，重藤先生鬱悶不已。與此同時，又生了場大病，因此，他想結束和通訊社的合作關係。」

「唉！就我看來，應該是轉型期吧！」重藤先生交雜著嘆息聲這樣說道。

也許為了轉換氣氛，重藤先生轉而問我：

「小ＭＡ，妳的意見呢？」

「我的意見？重藤先生，沒有詳細的說明，我也不知道怎麼回答？」

「這些年輕的專家對於他們所研究的社會的未來，都很悲觀，但是不知道為什麼卻對於悲觀主義本身又漫不在意。小ＭＡ，對此的看法呢？」

我經常想起第一次來這兒拜訪，就被問到這個像是口試般的問題，但我更忘不了的是：被問及問題的自己，變得自動人偶化了。

雖然這會岔離初次拜訪重藤家的話題，但我覺得有必要寫下自動人偶化的事。這也是我對自己這樣定名的開端。很久以前一次ＩＹＯＯ生日，父親看到一個電池啟動的相撲人偶，便送給他當禮物。當大家紛紛從慶祝會的餐桌上離席之後，我幫母親洗完碗，回到起居室，看見哥哥的「運動員早潮」[6]就放在沙發前的茶几上。相撲通的ＩＹＯＯ替這個相撲動作敏捷的人偶，詼諧地取了這個相撲名將的名字，雖然這位「名將」特別是在做同時抬起手腳的開場動作時，其實一點也不敏捷。它現在正抬起一隻手臂，身體往手臂的反方向扭轉，而保持懸吊在半空中的樣子。我一壓下背後的開關，立刻咭—咭—作響，待機的那瞬間，人偶甚至將手臂伸至頭上，眼睛也骨碌碌地轉著。忽然覺得這人偶和自己有幾分神似，我反射性地將開關關了。好一段時間，自動人偶還持續地發出咭—咭—聲，然後驟地垂下頭去。扭曲了身體的姿勢看起來很痛，我把「運動員早潮」橫放著，不去看它。

那時候的觀察，對自我反省是有幫助的。我雖然和相撲選手正好相反，十分地削瘦，但總覺得體內也會發出咭—咭—的聲音，甚至扭轉身體、終於喪氣垂首的模樣，都

6　早潮是一位相撲力士的名字，大江及其子都是早潮迷。

很近似。這是我將這樣的自己稱為自動人偶化的開始……

我對於重藤先生突如其來的問題，大概自己一半已經自動人偶化，再者，我想因為只對ＩＹＯＯ的事感到熱衷，我才會竭盡所能地陳述自己的意見。

「不久前，父親和我曾經接受一位醫生的邀請共進晚餐，我們比約定的時間晚了大約一個小時，雖然覺得很不好意思，不過作東的主人，好像還是實習醫生那般的年輕人，卻在第一次碰面就極為挑釁地說：看到許多轉到我們這棟病房大樓來的嬰兒在那兒滾來滾去的，感覺上生下他們就註定是一場悲劇，但是又不能殺了他們。當然，這番話是針對父親的批判，因為父親曾經寫過他發現哥哥存在意義的文章……。我對保持沉默的父親感到憤怒；但這怒氣也許和對方說的話無關……」

「不！我確實覺得對方所說的那一番話……」重藤先生看起來比實際年齡老了許多，他眨了眨眼神仍天真的眼睛。接著，就聽見ＩＹＯＯ說：

「生下他們就註定是一場悲劇，但是又不能殺了他們……，很可怕！」由於ＩＹＯＯ說得情感真摯，重藤先生和重藤太太都被ＩＹＯＯ的話嚇了一跳。

「雖然哥哥會偶然地說出和周遭人談話正好吻合的應答……，但並不表示他經過深思熟慮，……」

「小MA，妳不用擔心！」IYOO答著腔。

「這也是偶然的巧合吧！」重藤先生這麼說。「IYOO呀……我除了幫你看看樂譜之外，也幫不上什麼哩！」看來我的口試已經結束，而他們彼此也都給對方及格的樣子。

這一天，重藤先生就開始了他們的第一堂課。感覺上重藤先生雖然不諳世故，但毫不衝突地，實際照管方面的事卻一樣能做得很好。對於已完成的曲子，以前也曾給過幾次幫助。看過幾次IYOO的樂譜之後，重藤先生立刻了解了T老師的教法，隨後便把哥哥帶進稱之為音樂室的書房去了。當重藤太太端出自己做的東歐風味小點心及紅茶時，IYOO顯得十分暢意；在起居室的談話中，我還記得重藤太太問及為什麼我們的小名都和本名無關，IYOO自不待言，我自己也莫名所以地熱心起來，說明起綽號的由來。

叫做「IYOO」這個名字，重藤先生很快就猜到是源自《維尼小熊》。重藤太太則說：「是悲觀主義者的驢子吧？」因為重藤先生這陣子對悲觀主義的事情特別敏感，所以話一出口，重藤太太便感到後悔。

「當初K和OYUU變得親近起來，就是因為當時OYUU的母親在蘆屋，K便委託她代為尋找戰前版的《萬葉秀歌》和《維尼小熊》。因為我知道專門收藏岩波古本的書店，所以甚至帶K到下北澤去。」

「從以前，重藤先生就算得上是古本通喲！」重藤太太驕傲地說。父親在認識母親之前，就已經和重藤先生相交了。我的心緒忽而跌入遙遠的想像之中：因為這一層的交情，如果我現在遭遇到什麼困難，或許可以求助於他。正因為有這層關係，我也打算引用父親的話，向重藤賢伉儷娓娓道出自己綽號的由來……

雖然迄今為止我並未說明，但也已表示了我叫做「小ＭＡ」。其實不只是在家裡，連在學校大家也叫我「小ＭＡ」，但是和我的本名卻一點關係也沒有。其實，「小ＭＡ」這個綽號，是起因於我又小又圓的頭。從幼稚園開始到現在進了大學，不論在哪個教室裡，比起同班同學，我的頭都比較小，而且非常地圓。記得在森林中學的營火晚會上，每一個班級都必須表演一個節目。我們班的節目無非是小圓頭的我穿著黑襯衫和緊身衣從喉嚨埋到腳尖，然後戴上紅色滑雪帽把頭整個罩住，就成了一顆球。班上其他的同學圍成一圈，把我這顆皮球推過來、丟過去……之後，從高中進了大學，我的綽號仍然叫做「小皮球」，甚至有些朋友還誤以為「瑪麗」[7]是我的本名，就這麼寫在信封上寄來。

有一次，跟母親抱怨起這件事，父親便跟我說明我的頭既圓又小的原因。我原原本本地把這些話告訴重藤夫婦。那一天，父親一反往常，顯得很認真，也不像慣常以玩笑掩飾真心話的神態，令我大感困惑。當然，反而是我向父親說些好笑的話，我回答他：我想自己的身體是由某種系統設計鑄造而成的，就像是工廠生產線製造出來一般——當然是作夢——但是，父親卻仍鄭重其事地說：

「小MA誕生的四年前，IYOO一出生頭部就是畸型的。正確地說，開始是因為頭蓋骨部分出現了細微的缺陷，也就是在頭蓋骨部分開了個小洞，隨著頭蓋骨的長大，缺陷可能隨之擴大。因此，為了不讓腦裡的內容物漏出來，必須在孔穴的外側製造一個袋子，以便把受積貯脊髓液的壓力而擠出來的腦髓推回去。真是不可思議！人類的基因早就決定在一定順序下創造出所有器官，但因為這袋子並不是原本的組織結構，只是有機肉體臨時的輔助品而已，而這個袋子卻像瘤一樣，逐漸地變大。」

「IYOO出生時，小嬰兒溜滑地拉出來那一瞬間，媽媽應該像英式橄欖球傳球一樣，從護士的手中接過嬰兒，但取而代之卻是聽見『啊！』的叫聲。接著，就這樣昏厥

---

7 日語「皮球」的發音與英語的之MARY相同。

過去。我第一次看到他時，也以為有兩個頭。」

「因為那是頭一胎，當媽媽又懷了妳之後，心裡不免擔憂在晦暗的胎內，是否又會創造出另一個畸型的肉體。但是媽媽超越了心理壓力，決定生下妳，畢竟這需要相當大的勇氣。然而，與意志堅定的果斷能力無關，肉體本身不就有自我防衛的傾向？意思是，母體本身似乎會獨立思考，這一次的生產要生出個頭不大的小孩，因為第一胎小孩的頭是一般的兩倍大。藉由胎教的控制，孕育的小孩頭部要盡可能地小，但腦本身則非得要一般大不可。因此，體積不能大而容積要最大的形狀，不是只得選擇球形了嗎？就我所見，小MA的頭型不僅可愛，而且具備了很優良的腦的內容物。我想母體的胎教算是成功了。實際上，小MA雖然是個瘦小的嬰兒，但也因為如此，媽媽輕輕鬆鬆地就生下妳了。

「雖然班上的男同學叫妳『小皮球』，會有點怪怪的。但是我覺得還是為自己的頭感到自豪比較好喲！不過，可以確定的是：還處在無意識狀態的妳的肉體，也協助了母體胎教的控制。不論是IYOO長瘤的頭，或是妳正圓形小小的頭，都絕不可能是工廠的模型打造出來的！」

「K這一番鄭重的話，妳自然是要刻在心版上的。」在我說完話許久之後，重藤先生才這樣說。「那傢伙曾經對我發牢騷：說是不能好好地和小ＭＡ談話。但光是這句話，不就很受用了嗎？Ｋ和家人之間的關係，彷彿是一種奇怪的奢望。」

「但是，很難得父親一口氣說這麼多話……特別是聽到關於母親下定決心的事，覺得很感動。現在的我想法還是很單純，更何況當時的我……，但是根據弟弟的說法，母親和胎兒在無意識狀態下，攜手合作甚至控制物質的形成，似乎沒有根據。」

「不！倒也未必見得吧？人類的科學其實還無法徹底地說明這一切，特別是懷孕時親子連心的關係……」

這時，重藤太太插口道：

「小ＭＡ，重藤先生還是俄羅斯正教那類的神祕主義者喲！不過，也都只是像這樣散文式的說辭。小ＭＡ真是深思熟慮，聽起來Ｋ在家裡倒也沒那麼權威嘛！」

「其實，我想的就只有自己和ＩＹＯＯ的事……。」一邊說著，心裡一邊想著，才第一次碰面，怎就如此滔滔不絕，自己也覺得不可思議。

就在ＩＹＯＯ將笨重的盆栽搬進室內的翌日，在往福利工作中心的途中，發生了一件新的意外。因為在同一條巴士路線上有一家女子中學，所以上下學的尖峰時間，巴士就特別擁擠。這時節，換上臃腫冬衣的人越來越多，ＩＹＯＯ肩上背著體積龐大的背包，儘管抓著皮吊環撐住身體，但較輕瘦的那條異常的腿也就特別醒目，不可否認，這很容易造成周遭女學生的困擾。那一天早上，在巴士車門旁邊，ＩＹＯＯ撞到了一個臉部輪廓深邃、陽氣十足的女學生，和另一個看起來像是受她保護、安靜沉穩的女孩子。肩背的背包嘟地一下碰到較文靜那女孩的胸部，較陽剛的女孩子露出年輕雄貓般的眼光，斜睨著哥哥——他則兩手懸掛在皮吊環上，渾然忘我，一點也沒留意到。我趕忙到她們旁邊，向她們道歉。那位盛氣凌人的女孩，朝著我們的臉，罵了一聲：「放牛班的！」我甚至可以感覺到她吐出氣息中的激動。

因為ＩＹＯＯ並未察覺到女學生的來勢洶洶是因為自己做錯了事，在握著皮吊環的兩臂之間，還露出覺得好玩的表情；一方面，他可能從來都不知道「放牛班」這樣的詞彙，究竟隱含著怎樣的惡意，這是我們家從未用過的字眼，即使往返於養護學校之間，就我所知，也沒有過。此外，福利工作中心裡，也應該沒有；我想不但指導老師不會用這樣的字眼罵他們，同事間也不會把這樣的話掛在嘴邊。平心而論，用「放牛」這樣的字眼形容在工廠裡埋首努力工作的ＩＹＯＯ和同事們，並不恰當。

因此，哥哥對於「放牛班」這樣的字眼，一定只是覺得「kobore」[8]這樣發音的聲響很有趣。礙於對這兩位女學生僵持著的尷尬氣氛，我決定換乘電車。快到福利工作中心時，遇見了民夫先生，平日爽朗的他一反常態，低垂著一張臉，滿面愁容，心不甘情不悅地被押著過來，這才看到同樣一副悲傷神情的女人跟在他的後面，「放牛班」這樣的字眼又再次浮現我的腦海。

民夫雖然是ＩＹＯＯ的同事，但年齡已經接近我們父親的歲數，當他身體狀況不好時，這位負責監護的女人——她經常告誡民夫從工作中心回家途中不要買自動販賣機的杯裝清酒來喝——就會跟著一起過來。這女人乍看有祖母般的年紀，後來才知道原來是民夫的妹妹。這一天我不斷地想起，當ＩＹＯＯ到了民夫這個年紀而自己則是他妹妹的年紀時，那般未來年老的日子。不論是ＩＹＯＯ或我自己，那時臉上的肌肉組織也都只能做出憂愁的神情吧！即使到了那把年紀，我們「放牛班」二人組，也還是會被叫著ＩＹＯＯ和小ＭＡ吧……想到這裡，第一次感到決絕的寂寞心情。

前幾日才回想起來父親對於我頭形的說法，而今再度於心中蕭索地甦醒，對於自己竟如此詳細地把這些話告訴了重藤先生的行為，連我自己也覺得像個傻瓜似的。不論是蕭索地或像個傻瓜似的這樣的措詞，都是小ＯＯ從重考班新引進來的。想都不用想，

---

8 ochikobore，日語原意為跟不上學校功課的學生。

問題一定出在現在我細瘦脖子上頂著的這顆既小又圓的頭顱。如果有個冒失鬼問我：為什麼妳的頭那麼小又那麼圓？那麼，以父親那個令人狐疑的心理學式的說明，能有效地擊退對方的疑問嗎？

儘管不具有普遍意義，但在我和ＩＹＯＯ的——仍套用小ＯＯ常用的說法——絕對個人的意義下，重要的是：對有智能障礙的哥哥和頭顱小又圓的我這二人組而言，一想到將來，那位女學生所說「放牛班」這樣的字眼，就不免漸進而深邃地滲透進來。

這一天的晚餐，做了炸豬排，小ＯＯ讚賞地說：「大體上，在水準以上。」ＩＹＯＯ也吃得很滿足，但我自己坐在同一張餐桌上卻一點胃口也沒有。這時，小ＯＯ對我說：

「又開始慣有的自動人偶化了？妳有太多操心事了！」

當晚的事就這樣擱著，也沒寫進「家庭日記」裡。雖說凡事講求實際的小ＯＯ願意陪我，但是弟弟畢竟是個傾向獨立自主的人，更何況他還要再挑戰已經失敗過一次的大學聯考。因著父親到大學任駐校作家的機會，母親把ＩＹＯＯ交託給像我這種自動人偶化性格的人，不顧這一切而到加州去，真的是下了很大的決心吧？在母親的眼中，父親避開日本的雜事專心處理內在「困境」的問題，必定是問題已到了不可等閒視之、甚至超越我所能想像的程度吧?!

當然，我會努力去做，但一旦被那類粗具獨立女性雛形的女學生一眼看穿——也就是，被視作那種腐蝕社會大樹的害蟲——而斥為「放牛班」……，我就會重新陷入徹底地自動人偶化，在陰暗的寢室裡，永遠睜大著雙眼。和「運動員早潮」完全不能相比，成為微不足道枯槁乾瘦的自動人偶，而胸口則持續地發出微弱的咕—咕—聲。

到了下一次上課時，重藤先生和ＩＹＯＯ進入音樂室後，我和重藤太太有一搭沒一搭地聊著，說著說著就說到了「放牛班」的事。但是，我並未提起自己獨自思考時極度沮喪的心情。若是心情因而太過暗沉，我寧可選擇別的話題。在往重藤家的途中，ＩＹＯＯ一番雋永的妙語將我的心解放了出來，精神也為之一振。

關於ＩＹＯＯ的妙語如珠，都原原本本地寫進「家庭日記」裡：重藤家位於京王線沿線的新住宅區，涵蓋的區域包括從台地到峽谷的緩降坡。就在與車站同一平面，台地盡頭的斜坡邊上有一處人家，為了誇示自身和位於峽谷的住宅的差距，不但用鐵絲網把庭院圍了起來，鋪了草坪，還張起高爾夫球用的練習網。就在這一般大小的庭院裡，養了一隻狗。

這一天，在斜坡的轉角上，我替ＩＹＯＯ把鬆開的鞋帶重新繫好，這時，道路對面圍著鐵絲網的那戶人家，有一隻狐狸狗衝奔而出，狂吠不已。哥哥生了氣，反過來搶在前面開始威嚇。

「會那樣狂叫的狗，其實很膽小，想想，真是弱小又可憐！」我這樣說著。

哥哥站起身來，停在距離狐狸狗鐵絲網約四、五公尺的地方，輕鬆自然地朝著越吠越凶的狗，叫著：

「小健！小健！」

「咦？你知道那隻狗的名字？」

哥哥並未立刻回答我的問題，只是神情愉悅地跑了起來，然後才說：

「今天先以『音讀』叫叫看！」[9]

狐狸狗的叫聲忽而轉為怯懦，我不禁大笑了起來。我們倆並肩往斜坡路面走下去，連日來的陰霾也隨風散去。

重藤太太聽了「放牛班」的事之後，陷入了沉思，而我們就像兩尊石像般對坐著，最後她才緩緩地表示了她的看法，重藤太太和我面對面隔著餐桌而坐，桌上放著紙張、剪刀、和膠水。她專心地做著手工藝，後來才放下手，抬起眼睛，一開口便先問我，

ＩＹＯＯ怎麼去理解這個意外事件？看不出有任何受到傷害的徵兆嗎？

「當場的反應似乎只是覺得『放牛班』的發音很有趣而已，之後也沒聽他再提

起……。如果他在福利工作中心曾經問過老師『放牛班』是什麼意思的話，我想老師應該會寫在工作中心和家庭之間的聯絡簿上，但是聯絡簿也沒提過這件事。

「只不過，為了這件意外，我自己變得很沮喪，這對ＩＹＯＯ有所影響也說不定。弟弟不論父母親在不在，都是一副超然性格，連他都說我看起來心事重重，或許哥哥就是看見我這個樣子，才會說出『犬』與『健』的笑話。」

一直聽到我後半段的回答，重藤太太的微笑才柔化了臉頰上發熱的肌膚。但因為我們又重回嚴峻的話題，她的臉色很明顯地因憤怒而漲得緋紅。

「妳向那女孩子道歉了，而且是在她罵『放牛班』之前道歉，不是在之後，所以多少也補救了一些。如果我在場，雖不至於賞她一巴掌，但我想我會要她把『放牛班』這句話收回去。這樣的行為，對人而言，是非常不禮貌的。

「重藤先生告訴過妳，我帶著貓去歐洲旅行的事嗎？我們要去華沙，要先在阿拉伯半島的杜拜換乘波蘭航空，所以是從一個很熱的地方到一個很冷的地方。到了華沙機場，大家都打著冷顫等候著，但行李還是遲遲不出來。仔細一看，原來穿著英國製西裝

---

9 日語「犬」的音讀KEN，正好與名字「健」的發音KEN相同。

的政府相關人員，正要求行李工人先把他們的行李挑選出來，導致一般旅客的行李在這段時間受阻而送不出來。因此，重藤先生作為一位會說波蘭語的日本旅客，便當著那位紳士的面說：『這種行徑，就是所謂的社會主義嗎？』這樣的勇氣，是非常重要的。」

「但是對方只是中學生，又是那麼可愛的女孩子……」

「小孩子都很可愛，小MA。再者，不管小孩的性格如何，都會潛藏著成人後可能外顯的行為。以這種端倪為線索，我可以描繪出眼前的孩子到了中年會是個什麼樣子。如此一來，妳就能夠非常了解所謂的『人』。妳透過現在這個可愛的女孩子，應該可以看見未來的她：輪廓清晰、形象良好，但卻是個帶有偏見性格的人。從她罵妳和IYOO『放牛班』這件事，我想就可以組合出許多的意義。」

這些話，咻地一下子讓我洩了氣，我又變得自動人偶化了。其實我早就覺得與其像自己這樣在公車上對那位八成深得師長寵愛的女學生卑躬屈膝，不如像IYOO那樣一方面保持謹慎的態度，另一方面又覺得「kobore」的發音很有趣，要來得好得多了；因此，重藤太太的一番話，更是在我胸中迴蕩。也許重藤太太清楚地看見了我自動人偶化的模樣，於是對此事的追溯便到此為止。

IYOO的課程結束之後，加上重藤先生，我們三人又重開「放牛班」事件的話題，先是重藤太太將我們在公車上發生的事簡要地告訴了重藤先生——IYOO記得很清楚，所以一直用力地點頭，對於肩上的背包撞到女學生的胸部，自己也感到非常惶恐慚愧的樣子，這又讓重藤先生想起華沙機場的事，他則有他這邊的說法，還補充了重藤太太其他的事。

「因為她知道夏天的歐洲還是非常寒冷，所以在貓籠子上加蓋了禦寒的浴巾，還把手織的圍巾借給鄰坐的女孩。對小女孩而言，她是個很親切的人。」

我又替重藤先生和IYOO加了茶水，這一天重藤太太仍委託我準備餅乾和紅茶，剛才手上的活兒一直沒有停下來。為了製作一張B6大小的宣傳單，她從英文報紙開始，從各種刊物上剪下鉛字，貼在完稿紙上。打算將完成的原稿拿到附設影印機的二十四小時超市。原稿的內容是向最近計劃來日訪問的波蘭人大常委會主席，抗議對詩人或作家的迫害。

「給小MA幾張，讓她寄到K那兒去吧！因為加州大學校園裡，以米洛什（Oscar Vladislas de Lubicz-Milosz）為首的波蘭流亡知識分子，也有相當重要的地位。看看日本人是否能為他們做些什麼？」

「我想K對這件事並不熱衷。」重藤太太斷然地說。這一次不只是我，連哥哥也洩了氣。「K很早就知道賈魯塞斯基（Wojciech Witold Jaruzelski）主席訪日的事，那時日本筆會曾經就反對訪日的議題，和K商量過是否要有什麼動作，但是他什麼也沒做。為了這件事，他也覺得不好意思，所以IYOO上課的事，他才不自己出面而推給小MA，不是嗎？」

「如果K來做的話，現在可能也只會做出一張令人興味索然、徒然無功的聲明吧！貧窮的波蘭希望大金主日本能夠給予經濟援助，再加上美國、EC的覬覦，在這已有商業合作腹案的現況下，他也沒有心思去起草明知無用的聲明。」

「默默無名的人們明知道對特權化的人做這些是沒有用的，但是竭盡一己所能，這是我的方針。……重藤先生，麻煩你看一下這個波蘭文呼籲的部分，我想至少會有兩、三張傳單會送到訪問團的手裡吧！」

「還是替我把這宣傳單寄到加州去吧！如果有其他人做了K自己不想做的事，他應該也會有如釋重負之感吧！」重藤先生很快地拿起稿子，一邊讀一邊說。「自己若幫不上什麼忙的話，心裡就會有罪惡感，這也沒有辦法。……我想這段波蘭文已經寫得相當好了！」

「那麼，印好之後，就麻煩妳了。」重藤太太雀躍地收下了原稿，宣傳單的事就此告一段落，話題又回到「放牛班」。

「我雖然很生氣那個女孩子罵ＩＹＯＯ和小ＭＡ，儘管如此，我卻不擔心她將來的行為，這樣的女孩子將來一定是個卓越的中年女性，不論未來遇到任何事，都能夠堅毅地生活下去。

「我反而比較擔心被罵為『放牛班』的人，他們究竟怎樣地跟不上別人？他們是否自覺到自己獨特的生活方式？這樣說或許有點冒失，但是我確實覺得ＩＹＯＯ從容的態度非常好。」（ＩＹＯＯ倒不害羞，答說：「謝謝！」重藤太太則語義含混地回答：「哪裡！哪裡！我們才要謝謝你！」）

「事實上，小ＭＡ，我承認自己是『跟不上別人』的。從年輕的時候開始，不論是前一次的婚姻、或現在和重藤先生在一起……儘管偶爾也會用『跟不上別人』的字眼來談問題，但迄今為止這並不是我所慣用的字眼。就我的感覺來說，自己生下來就是個沒什麼的普通人，也這麼活著，以後大概也是這樣，不久之後死了也是個沒什麼的普通人。」（哥哥對「死」這樣的單字很敏感，但是又顧慮不敢打斷重藤太太的話，卻仍溢出一聲「唉——！」的嘆息，事出重藤太太意外，趕緊向ＩＹＯＯ道歉，「哎呀！唉呀！對不起，ＩＹＯＯ。」）

「以我這樣非常普通的頭腦來想，無論再小的事上也不要讓自己特權化、盡可能讓自己作為一個普通人，這樣便能夠自在地生活，而且我也總是盡自己最大的努力如此去做。不過，我即使盡最大力量，也不過是做些，就像重藤先生所記得的，借圍巾給一個又冷又累的小女孩這類的瑣事而已。」

「此外，若覺悟到作為一個普通人，……ＩＹＯＯ，對不起，又要說到可怕的事，在面臨死亡之際，也能抱持自在的心情，讓一切歸零。從幾近於零，到零。如果你還擔心死後的靈魂、永生，這豈不正是把自己特權化的想法嗎？例如和螻蟻比較的話……，亞伯拉罕不就是與上天的存在結下了特別契約，成為所謂上帝選民的族長嗎？在波蘭有特權化想法的人也許不只是共產黨的幹部吧？天主教徒不也是嗎？固然現在世俗社會或許是更糟糕的特權……」

「妳是個無神論者，而且徹底地與信仰絕緣……」重藤先生打趣地眨眨眼。「不過，這張宣傳單感覺上是站在波蘭天主教民眾這一邊的。」

「是站在波蘭沒什麼的普通人這一邊，我無法站在除此之外的任何一邊，我除了骨子裡是個沒什麼的普通人之外，也喜歡這樣……。在這樣沒什麼的普通人眼中，小ＭＡ，Ｋ的『困境』的實際狀況，感覺上確實很與眾不同。」

重藤太太經過一番深思，希望透過我，能將這想法傳達給父親本人或母親，於是我把重藤太太的話簡略地寫在「家庭日記」上。關於父親的「困境」，我無法直接也不想說些什麼，不過既然要郵寄重藤太太的傳單，所以也想把重藤太太認真整理後所表示的想法寫在信上一併寄給父親。如果父親不了解重藤太太如何看待在加州的自己，或是沒有考慮到這和重藤太太的內心世界有怎樣的關聯，那麼我擔心父親不會公平地對待重藤太太。

1. K和我本來互不相識，但兩人從年輕時一開始就都是重藤先生的朋友。那時候，K開始寫小說，並逐漸小有名聲。根據重藤先生不愉快的回憶，此後數年，K總是處於雙腳凌空的狀態，實在很不像樣。而後，感覺上他回到一般人的生活，應該是在IYOO出生而遭遇到種種困難之後吧？重藤先生和K的友誼得以繼續，實是出於對同樣出身於新聞界、又有心理疾病的同鄉同學的寬容。在當時那個風波不斷的時候，我認識了K，我並不認為這樣的說法是由於重藤先生過於傲慢。

2. 這個時期的傷痕或習性，並未讓K停止以為自己是某種特別的存在吧？因此之故，他可以堂而皇之地提出自己重大的「困境」，然後獨占OYUU，把智障的孩子交託給女兒，毫無顧慮地飛往加州？或許，把自己的事寫成小說並攫獲廣大的讀者，還打算以此為永遠的職業，這情況和年輕時的不思反省，又不盡相同，但是要把自己視為沒什麼的普通人，自然是有困難的，不是嗎？

3. Ｋ有時會流露出對於信仰或死後生命等的混亂想法，但我想說：這實際上是源自於把自己視為特權化的存在。現在，在這個行星上不知有幾十億人類生存著，我想其中擁有宗教信仰者是極少數派。數量非常龐大的沒什麼的普通人，沒有信仰，不論活著或死去，對於死後的靈魂並不抱持著肯定的想法。如果醒悟到自己處在這樣的普通人生死大海之中，不就能夠從容而客觀地審視自己的生與死嗎？而且，我絕不認為這樣的生與死是沒有意義的。我個人確信，要以一個沒什麼的普通人的身分活著，需要經過相當的歷練。

我對重藤太太的這番話真的非常著迷，畢竟我希望自己將來也做個沒什麼的普通人，和ＩＹＯＯ過著寧靜的生活。然而正因為如此，如果我不為父親多少做些辯護，心裡就總有些罪惡感。雖然這件事本身我並未寫進「家庭日記」，但是我告訴重藤太太，我並不覺得父親作為一位小說家，有以此為特權的態度。

我記得重藤太太的回答大約是：「他現在不就佔據著加州大學駐校作家的位置嗎？」我想父親對此事真是感到過意不去的。據母親的透露，如果不是遭遇到「困境」，那麼他會辭謝這個機會，但是暴風雨欲來，這是一艘可以緊急避難的破船，所以也就顧不了許多了。

聽了我的這段話，重藤太太的反應似乎是：她原本就打算結束自己的談話，所以悄悄地轉移話題。於是，她為這一天漫長的「放牛班」話題做了個總結：

「小MA，人無論在怎樣的位置，一切都仍是變動不羈的。當然，和這個人的個性也有很大的關係。……就像重藤先生以前的一位上司，現在也還在通訊社工作，這陣子當上了董事，重藤先生也出席了他的私人慶祝會，卻是體力消耗殆盡地回到家來。一方面是因為新官上任的致辭太長，聽得人筋疲力盡；另一方面，為了慶祝就任新職，也喝了過多的酒。……重藤先生，你到了早上還覺得很疲倦，然後喃喃地叨唸了有關拉丁語文法的事吧？」

「也不是什麼了不起的文法觀念，而是婦孺皆知的基礎文法。」重藤先生興味索然地說明著。「要說拉丁語時，長母音的音節是很重要的，所以分為兩種不同的表示方式：一種是本質上很長，另一種是位置上很長。也就是long by nature和long by position。

「我的上司是本質上話很長的男人，不過，因為在董事這個位置上，所以話就變得更長了……」

重藤太太像是第一次聽到這笑話似地笑得開懷，而我則是真的第一次聽到，所以也忍不住放聲大笑。IYOO也開心地看著笑得如此快樂的我們在，重藤先生原本就帶著幾分演技，現更是做出索然無味的樣子。

這一夜，始終未成眠。之後，做了個非常寂寞的夢。因為重藤太太的話，我忽而置身在有點像阿拉伯半島、永遠的黃昏般微明的沙漠中，數之不盡的群眾聚集著，或佇立或蹲踞，但大家都向同一個方向眺望。其中也有人橫躺著，但他們也仍努力地朝那個方向抬起項。那情景就像是「最後審判」即將到來的樣子——那是父親每天讀布萊克（William Blake），隨手翻譯在自己備忘用的卡片上，而後告訴我的。權貴者已繫囹圄於黃金宮殿內，大難臨頭。沙漠裡的群眾聽到這樣的悲鳴，都不禁歡天喜地唱起歌來。附近一帶的大氣，像是打雷前充電的空氣，帶著憤怒的能量……我回憶起那夢境，彷彿只要做出類似那沙漠中的眺望，就能夠實際地看到沙漠情景似地……

雖然我並不十分清楚父親談話的焦點究竟帶有怎樣的意圖，不過大致的意思是，在布萊克的沙漠裡提到：受洗前即死亡的嬰兒，冰冷的軀體仍發出哭喊的嚎叫。「六千年來，早夭的稚子們喧囂狂怒，無以計數的狂怒，在充溢期待的大氣中，裸身，蒼茫佇立，呼喊拯救。」而在我的夢中，ＩＹＯＯ和我都還是孩子的裝扮，佇立沙漠中。回到孩童模樣，大概是因為哥哥腦部有障礙，所以我還沒結婚。不過和布萊克沙漠的不同之處在於，現在並不存在基督「重臨」與否的問題——就這一點來說，雖然ＩＹＯＯ也不是反基督，但讓我感到安心——，重點是最後的審判甚至在六千年後！

此時我覺得，在這一片荒漠之中，哥哥和我完全是沒什麼的普通人，而且我心裡也很明白，掛慮我們、會帶領我們到別處去的人，無論如何是不會來的。比沒有人會幫助我們更糟的是，白天還與我們休戚與共的友人重藤太太，現在卻隔著隱晦不明的人群與我們遙遙相對，仔細一看，她隔著看起來像是德國老太太的銀框眼鏡，眼光閃爍地看著我們，像是對我們做無言的非難。雖然手上拿著薄薄的手織圍巾，卻不肯借給正忍受著肌寒刺骨的ＩＹＯＯ和我……

重藤太太之所以擺出絕不原諒我們的模樣，是因為她看穿了：我們雖然其實就是沒什麼的普通人，卻假裝我們不是。毋庸贅言，這當然不是因為意識到父親是多少有點名氣的小說家，而我們是他的小孩。從我的孩提時代起，就很討厭別人提起父親的名字，即使是級任導師，只要提起這事，我就會刻意掉頭遠去。我想重藤太太也沒有誤解這一點，她藉由心電感應而來的無言指責，毋寧是在指責：我特權化地掌握了ＩＹＯＯ的智障，以及雖然智障卻對音樂有超乎常人的理解力，甚至驕傲地感覺到他並不是沒什麼的普通人，這樣的哥哥不論到哪裡去，我都要追隨——現在甚至一起去到阿拉伯半島的沙漠——而我不應該認為自己也不是沒什麼的普通人。

「和妳周遭晦暗不明的人們比一比吧，弱智的ＩＹＯＯ和一輩子都別指望結婚的妳，小ＭＡ，即使在沒什麼的普通人當中，你們甚至是無可救藥的『放牛班』！」

父母並不在我們的身邊，兩人到加州去拯救靈魂，拜此之賜，我們因而被帶往別處。小ＯＯ原本就是個獨立自主的人，即使把他丟在這個沙漠裡，他也一定能夠獨自順利地行走其中。因為他在徒步越野競賽中得到很好的鍛鍊，或許他會繪製一張沙漠的地圖，確定目標後，直奔目的地。這時，我因為重藤太太的眼光而變得自動人偶化，我甚至無法動彈以確認ＩＹＯＯ是否就在我的身旁，在這沒什麼的普通人群眾當中，我已經無法確認ＩＹＯＯ，而感覺上ＩＹＯＯ自己卻老早就把我忘記了。

和迄今為止的六千年一樣，未來的六千年，我們也一直佇立在這阿拉伯半島的沙漠之中……

一醒過來，我便抽抽搭搭地哭了起來，哭了很久。夢中黃昏的沙漠非常乾燥，淚水不待流出即已乾涸。我一邊哭，一邊想著重藤太太，雖然夢中苛刻到甚至可怕的程度，和實際的性格並不相符，但是在心靈深處，可能根據的正是重藤太太的本質，那種所謂「正義者」的感覺，除了是這種「正義者」對我的非難之外，不可能是別的……

收起了眼淚後，我拿起枕邊的「家庭日記」，讀到先前從重藤先生家回來的途中，哥哥在電車月台上發作的事。發作時不但頭暈腦漲，身體應該也會覺得痛苦，但是哥哥卻在蜂擁的人潮中幫助我。於是，我——雖然是補充地寫上：自己也覺得下了不可思議的決心——思索著「也許ＩＹＯＯ潛藏著像反基督那般邪惡的力量也未可知，縱令如此，無論天涯海角，我也要追隨哥哥」。

我為什麼能夠如此天真地認為，這樣的自己能夠追隨著哥哥，天涯相隨呢？其實我說這樣的話，是因為我原本就是個沒什麼的普通人。不過，是個沒什麼的普通人的我，藉由ＩＹＯＯ的障礙，卻自以為是……再者，我既不美麗又不堅強，尤其意志一消沉，就立刻變得自動人偶化，一想到自己是這樣一個沒什麼的普通人，內心中總感到十分寂寥……

我千瘡百孔的心疲倦地思索著：這樣的寂寥，若以小ＯＯ式的說法來說，實體化的結果便是表現為夢中黃昏的沙漠。

在夢中，我把重藤太太想成苛刻的人，心中一直覺得很抱歉。但是，像我這樣滿腦子乖僻想法的人，在夢中自由地飛躍，也第一次能夠把「正義者」的感覺和重藤太太連結在一起。因為一整天不斷地胡思亂想著這些事，我對於下次上課會和重藤太太碰面，便感到猶豫不決。

但是，就在我做了這個任性專斷的夢，以及獨自反覆思索這個夢境的期間，在現實的世界中，如此善良溫柔的重藤太太，卻遭遇到怎麼說都非常不合理的倒楣事。雖然原本是「正義者」的行動，但是重藤太太卻受到不正義的暴力對待，在混亂的情況下，重藤太太發生意外，鎖骨折斷了……

重藤太太鎖定了確切的目標，準備散發上一回ＩＹＯＯ上課時正在製作的那份宣傳單，她打算在波蘭人大常委會主席進行官方拜會的首相官邸前，親手將宣傳單交給賈魯塞斯基主席。結果，她和官邸護衛的警官發生衝突，折斷了鎖骨。重藤先生透過通訊社友人的仲介而到警察局去質問：為什麼首相官邸的警官要如此暴力地對待一位中年婦女？與此同時，重藤先生和重藤太太也都承認：抗議行動不應如此硬幹。

到首相官邸前散發傳單的重藤太太，原本心裡的腹案是這樣子的：

如果拜會的時刻接近，動員前來歡迎賈魯塞斯基主席的人群就會湧來，所以她要在歡迎人群的後面伺機而動，一旦代表團員接近，她就乘機遞出傳單。為了不在一開始就被洞悉而驅趕出來，先不讓傳單在被動員來歡迎的人群中露白，等到主席進入首相官邸時，再把傳單分送給特別關注日波關係的人士閱讀。

然而，急性子的重藤太太，在官邸配置警備前，就已抵達官邸了。從議員會館方向過來的十字路口上，重藤太太看見一位波蘭的老婦人在那兒徬徨地徘徊，便上前和她交談，原來她和一位女性口譯人員約在這兒，對方卻遲遲未出現。因此，重藤太太便帶著這位持有邀請函的老婦人，和首相官邸的守衛聯絡，對方誤以為重藤太太是口譯人員，便一起請到官邸內。在玄關的進出口處，有一群媒體記者在等候。重藤太太將老婦人帶給官邸的祕書官員之後，自己就隱身記者群中等待。終於，波蘭代表團從車上下來的時候，重藤太太從眾多拿著照片的人群當中，接近了賈魯塞斯基，並遞出宣傳單。這時，面對這出奇不意的動作，感到驚慌的警官雙手往重藤太太鎖骨的部位用力地推擠過去……

重藤先生打電話來，我們才知道這起意外事件，也因為發生了這樣的意外事故，所以道義上必須先告知我們：今天的作曲課不得不暫停。我衷心地說希望能夠盡快到醫院去探望她，重藤先生在短暫的沉默之後，有些話似乎如鯁在喉，最後終於道出：應該很快就出院了，不必到醫院去。根據重藤先生後來的說明，大意是：受到意外事件的驚嚇，病床上的重藤太太抑鬱到甚至對於他的話也不能好好地回答。再者，從救護車上直接住進來的這家醫院，五個病患共住一間病房，其中也有相當粗暴的病患。也許會引起ＩＹＯＯ不愉快的感覺。

在巴士上被罵、又做了個令人感到寂寥不已的夢，在這樣連續的被害妄想之下，我想像著這樣的光景：ＩＹＯＯ走過那位粗暴患者的枕邊時，踢倒了懸吊點滴瓶的架子，而這次是以可怕的大人的聲調，怒罵著「放牛班」！重藤太太健康時，雖然總是鄭重地招待哥哥；但自己成了病人，還不得不招呼個殘障的外人，心情自然會感到鬱悶吧……就這一點著眼，心裡便出現某種彆扭的想法：重藤先生並不希望我們去看她。

但是，重藤先生說話吞吞吐吐，又很掛心因為自己的事使得哥哥每週感到愉快的課程被迫暫停。

「雖然內人住院，我自己和ＩＹＯＯ上課也沒什麼妨礙。」重藤先生辯解地說。

「但是，內人很在意原本準備好要散發的傳單，就這麼擺著。前兩天看報紙，說是波蘭方面的代表團為了答謝在日本受到的接待，今天下午將在護城河畔的東京會館舉行宴會。這幾年，我自己和波蘭大使館小官僚們的關係惡劣，所以也沒收到邀請函。雖然如此，我還是想拿著傳單到東京會館前，只發給受邀前來的賓客就可以了。所以我想今天的課就暫停一次。」

重藤先生電話內容的重點大致如此。

偶爾下午沒課的小ＯＯ會回家吃午飯，我便告訴他發生的這件意外。其實，ＩＹＯＯ已經聽我提過重藤太太受傷的事，但是他在一旁聽到我跟弟弟說明此事時，還是發出了「唉！」的嘆息聲。相反地，弟弟擺著一張撲克臉，一邊吃著飯，沉默不語。回到房間後不久，他卻跑下樓來，提出了一個不可思議的建議。雖然重藤先生的事都只是聽小ＭＡ提起，但我想他現在大概也不會去加入政治性的黨派或反對運動的陣營。所以，今天他大概打算一個人去發傳單吧？我自己則在校慶時為成立徒步越野社團而有過散發傳單的經驗，一個人愣愣地站在那兒，幾乎沒有人願意收下傳單，甚至根本沒注意到有人在發傳單。這一次，因為重藤太太受傷了，不如我們幫忙重藤先生發傳單吧？

「我們，小ＯＯ，你是什麼意思？」

「我也幫忙，就是這個意思。」弟弟露出賭氣的表情回答我。「ＩＹＯＯ如果像上一次那樣在人群中發作的話，就很危險。所以，除了一邊發傳單，也有必要注意ＩＹＯＯ

的情況吧？」

「要好好注意喲！小〇〇，真的很危險哩！」哥哥像是權威專家地說，但是也流露他直率的依賴。

就這樣，當天的黃昏時，我們便和重藤先生拿著重藤太太事先印好的傳單——先確定保留要送到加州的部分傳單——到東京會館前散發。會館正面的入口，雖然有其他活動正在舉行，但波蘭大使館請來的警備陣容森嚴，商談的結果是：不得在這兒散發傳單。最後，只好在護城河大道旁的轉角，夾著兩側步道分兩邊進行。

我們轉搭火車和地下鐵，到達東京會館時，重藤先生在建築物的盡頭，把捆成一束的傳單夾在腋下，愣愣地站在那兒。重藤先生說明了大致的情形：代表團抵達東京會館前，會有一群為促進波蘭民主化的年輕人所組成的示威隊伍——規模雖然小，但也富機動性，抵達後很容易配合——在那兒等待車列。代表團只是徐行通過，之後便進入旁邊大樓的停車場，經過工作人員的走道，進入會館。或者，機動隊會在警備鬆懈之後，重新聚集在會館的正面，只攔阻主席的座車也說不定。總之，因為這緣故，建築物正面戒備森嚴，重藤先生只好站在稍遠的地方，試著搜尋往會館方向走去、且看起來像是波蘭大使館邀請的客人……

「那麼，大體上，已經分發完畢了嗎？」小ＯＯ很客氣地問。重藤先生戴著一頂愛爾蘭船員般的帽子，搖了搖看起來異常扁平的頭。

「不大方便給熟人認出來！」重藤先生沒走斑馬線，反而橫越過馬路往會館那邊走去……。「不過，內人告訴我，這原本是手製的宣傳單，全部也不過一百張左右，所以不要遞給看起來就像是不會去讀它的人。」

「那麼，請把傳單分配給我們吧！小ＭＡ和重藤先生站這邊，我和ＩＹＯＯ站對面，大體上，就能夠把過馬路的人圍起來。……我看過了今天會館舉辦活動的看板，之後還有將棋名人戰的宴會和婦女服飾公司的招待會，我想可以分辨出哪些人是波蘭大使館的賓客。好！ＩＹＯＯ，我們到對面去，那邊也有地下鐵出口！」

就這樣，我們開始散發傳單。因為是冬天，天色已經全黑了，而且宴會已經開始，所以只能零零星星地遞給遲到的客人。儘管如此，我們並未打退堂鼓，其實早在電車上就和小ＯＯ演練過作戰計劃，大使館的宴會活動大約一小時，我們計劃，不如在回程中攔阻他們。我們把這主意告訴了重藤先生，穿著和船員帽相搭配的船員大外套禦寒的他，似乎提不起精神，不過還是和我們一起站著等候；途中重藤先生若有所事地進入會館，我想大概是上洗手間吧，不過回來的時候，紅鼻子的四周飄散著伏特加蒸餾酒的香氣……

過了不久，宴會看來是結束了，有些賓客開始步出會館。我一方面負起遞發傳單的任務，一方面隔著人行道不斷往對面張望。跟隨在小ＯＯ左右的ＩＹＯＯ，以緩慢的動作遞出宣傳單，不論是接受或不接受傳單的人，他都鄭重地行禮，有些人莫名所以也同樣深深一鞠躬還禮。我未曾怠忽散發傳單的職守，但哥哥的模樣讓我無法將眼光移開。這時，忽地有個從未浮現過的想法湧上心頭：雖然我是妹妹，但卻肩負著保護哥哥的任務。雖然有些時候很明顯是哥哥在保護我，但如果哥哥不在自己的視線範圍內，我就無法安心。或許這只是個錯覺罷了？

受到ＩＹＯＯ和小ＯＯ那一組的鼓舞，我和重藤先生也積極了起來。收取傳單的人逐漸地增加，不知不覺地，我手上的傳單已經發完了，雖然從重藤先生的手上只接過小部分的傳單，但也很快就沒了。最後，從斑馬線走過來的ＩＹＯＯ他們也告訴我們：分發完畢。弟弟曾利用宴會結束前的空檔，在一張宣傳單背面的空白處計算數學問題，最後甚至連這一張都給了一位對我們散發的傳單表示關切的外國婦人。

發傳單的翌週，重藤先生的課仍然暫停。不過，ＩＹＯＯ卻比平日更專心地投入作曲。關於小ＯＯ，我也好幾次寫到，他是極獨立自主的人，所以散發傳單的提議就讓我吃了一驚，而且在等待宴會結束之前，還利用傳單的背面計算數學問題，使我感受到他確實很在意這次的考試——雖然說不定就他本人來說，這樣的態度毋寧是理所當然——但也讓我感到吃驚。再者，自發傳單以來，弟弟本身也稍有改變，對哥哥似乎有新的融洽的相處方式。東京會館行動的翌日，我到車站前的超市買菜，處理了幾件家裡的瑣事，像是到銀行存錢等。一回到家，看見ＩＹＯＯ如常地趴在起居室的墊子上作曲，而小ＯＯ居然把他塞滿補習班講義、像個中型狸貓袋子的背包放在腳邊，坐在餐桌上讀書。

我問他是不是有人打電話來，所以下樓來接？「沒有！」小ＯＯ冷淡地回答。倒是ＩＹＯＯ接口說：「電話是我接的。因為小ＯＯ要讀書，很辛苦的！」

此後，這成了每日的光景，餐桌上的小ＯＯ、起居室墊子上的ＩＹＯＯ，各自集中心力，我似乎看見了從未能在他們倆身上感受到的兄弟間的神似。雖然哥哥在五線譜上所寫下的音符，像是父親所說的豆芽菜般，長而悠緩，而弟弟在計算紙上的數字給人的印象，則是團體意識鬆散的螞蟻的自由行列。

ＩＹＯＯ雖然停了兩週的課，卻完成了一首新曲子。我想像著在重藤先生家哥哥充分準備之後的發表，所可能帶給他自己和我的快樂，不過作曲本身的事我卻不曾問及。哥哥出門時，自己一個人就把一切準備妥當，搭電車時還讓位給老人，顯得精神百倍。

到了往重藤先生家斜坡的四個轉角處，哥哥便用腳去騷擾上回那隻音讀的狗，當鐵絲網對面開始吠聲大作時，哥哥回過頭來看我，露出頑皮的表情。那隻神經質的小型犬雖然還不斷地狂吠著，不過顯然不是因為自信，反倒是因受驚而顯得狂亂。

剛出院的重藤太太，臉蛋變得既瘦又小，燙過的長髮髻成一束，感覺很像是我在女子中學一位稟性莊重、對我很親切的學姊。她正在為我們準備和上一回一樣的烤羊排，重藤先生還是老樣子，一會兒嚴肅一會兒裝糊塗，不過往常在我們來之前，他總是在讀書，這一天卻坐在餐桌旁，旋轉擺弄著重藤太太調味用的茉蕎欒薄荷、胡椒粒和特別的鹽罐。

「ＩＹＯＯ、小ＭＡ，甚至小弟都熱心地幫我發傳單，我也收到Ｋ寄來表示收到傳單的卡片，真的很謝謝你們。若不是有蒜泥弄髒了手，我真想緊緊地握你們的手呢！」重藤太太眼鏡後面的眼光閃爍著歡快的神情，甚至到了不自然的程度。

「那麼，就把蒜泥擦一擦吧！」重藤先生應答著，同時以少有的敏捷動作遞出毛巾，重藤太太也率直地從命。她和哥哥、接著和我握手時，我心想：幸好小ＯＯ沒有來，因為弟弟是一定會嗅一嗅自己的指間是不是遺留下大蒜味道的那種人。

「ＩＹＯＯ，謝謝！小ＭＡ，謝謝！託你們的福，我的傳單也得到了波蘭人的回響！」重藤太太一邊說著，一邊仔細擦拭和我們握過的手，又重新開始在肋排上塗抹蒜泥的作業。在蒼白的薄桃色臉頰上暈染了一片殷紅。

「因為在宣傳單上寫了這裡的聯絡地址，所以還收到一封波蘭文的來信。雖然是華沙大學的教授，但好像是少見的以數學解析近代經濟學的學者。信上說：她現在一邊擔任政府的顧問，一邊也研究日本的經濟政策，以構想波蘭的農業重建……啊！莫不就是我帶進首相官邸，後來引發了自己災難的……」

「說不定就是來向IYOO和小OO要最後一張傳單的那位……」

「對！就是她！」重藤先生從桌角一隅的信盒裡拿出一封信，為了準備料理，信盒才被推至角落。「……波蘭文的那份傳單，那不是我們這邊遞出去的。」重藤先生在哥哥的面前轉來轉去，一邊說著。「這就讓我想起來，那時已經沒有傳單了，IYOO很困擾，小OO最後把當作計算紙用的那張給了她……。她在信裡面寫道：背面的計算雖然和傳單所要傳達的訊息無關，但是很傑出的解答。我一直以為小OO也和K一樣唸文科的。」

「我想，骨子裡，毋寧是理科的。」

「……看來參與賈魯塞斯基官方訪問的人當中，也有真正為波蘭未來著想的學者呢！

雖然我自己和大使館的相關人員都處得不好。」

「至少，這位歐巴桑很傑出啊！雖然她不久就要回波蘭了，但若在那兒的體制下能一展長才，也很好啊！格但斯克市（Gdansk）工廠的工會固然很重要，但是當務之急應該是恢復這位歐巴桑的專門領域，農業經濟吧！」

「波蘭不也在變動中嗎？這位學者好像抱持著這樣的宏觀。」

「下次到華沙去時，也許可以碰個面。」

「不！不！小MA、這樣的學者雖說談不上特權，但也是個大人物吧。」重藤太太敏感而認真地說。「不管在怎樣的體制下生活，我真的只想和沒什麼的普通人碰面。……我想對方也正因為是位普通的日本人發傳單給她而感到高興吧。」

當重藤先生對於太太的這番話正眨著眼睛沉思時，本來一直禮儀端正地等待機會的IYOO突然動了起來。從背包裡取出樂譜，躡嚅地遞到重藤先生低垂的視線下，按捺不住的喜悅，從這樣的動作中表露無疑……

「嗯？『肋骨』?!」感到意外的重藤先生不禁提出反問。哥哥以指揮家介紹獨奏家的手勢，指著重藤太太。

「IYOO，這是慰問重藤太太受傷的曲子嗎？」我也不像平日那樣，倒是很快地反應過來，詢問著他。「……雖然受傷的是鎖骨，哥哥也因為擔心而做了這首曲子吧，不過為什麼不寫鎖骨，反而說是肋骨呢？……ＩＹＯＯ，是鎖骨喲！」

「我覺得肋骨比較好玩！」

「你是個屬於『音讀』的人哩！」重藤先生仔細地看著樂譜，彷彿接受了他的說法。「我們趕快來彈彈看吧！如果從樂理上來看，是很好的，一眼看來並沒有缺陷喲！」

「謝謝！」

「我才應該向你道謝呢！」哥哥興沖沖地隨著重藤先生朝音樂室走去，重藤太太在後面一邊喊著……

然後，我便幫著重藤太太把香料塗在羊肉上，重藤太太像授課一樣。指示了調配這香料的成分。我想重藤太太大概很掛心之前所談沒什麼的普通人的話題，所以又有了如下的談話。其實是利用家事之餘，經過了一段時間所整理出來的談話內容——也許受傷的影響還殘留著，容易感到疲倦。我在「家庭日記」上所寫的內容如下，關於我對重藤太太回答的內容也是一樣的。

「ＩＹＯＯ雖然知道受傷的部位是鎖骨，但是因為發音有趣，所以選擇了『肋骨』，我想這是我們怎樣也想不到的曲名。ＩＹＯＯ有ＩＹＯＯ的方法去守護他的世界，儘管如此，卻也不封閉自己的內在世界，保持向外開放的通路，透過音樂，或是透過和小MA的對話，我想那是愉快的。」

「您這樣說，我心裡高興是高興，不過反省自問，我還是覺得好像把哥哥禁錮在某個特殊的場所似的。我之所以會想到這些，是依循您上一回的談話為契機。與其說我們把哥哥當作一個沒什麼的普通人來對待，毋寧說是當作一個特殊的人來對待，這從外人看來，就如同『放牛班』這字眼所表示的，是低於沒什麼的普通人之下的特殊。對我個人來說，即使ＩＹＯＯ有障礙，但是我喜歡哥哥，這障礙隨同哥哥而來，也沒有什麼不好，何況我就是在這情況下長大的呀！甚至從某個時期開始，我旗幟鮮明地高舉哥哥的障礙……

「現在面對外面的社會，我仍是抱持著『這也沒有什麼不好呀！』的想法。但是，我不就因為太熟悉家裡的ＩＹＯＯ是如此深具幽默感的人，而不會以更實際的角度去看待哥哥嗎？如果撇開殘障不論，也看不見哥哥作為普通的、沒什麼的人的那一面。我經常參加小團體中談論殘障者自立的議題，但感覺上從沒想過要把哥哥視為獨立的人看待。

「前些日子，我隔著馬路看著ＩＹＯＯ發傳單給陌生人的樣子，因為隔著一段距離，所以也無法一直監視哥哥。遠遠看來，儘管哥哥的動作過於緩慢、表情過於鄭重，但是我想，接傳單的人仍是把他當作普通人看待吧。當然，哥哥是第一次像那樣直接地與社會外界接觸，不過我覺得我發現了真正作為一位普通的、沒什麼的人的哥哥。」

「我想這不只是小MA一個人這樣覺得，波蘭的經濟學者不也是從IYOO的手上接過傳單的嗎？信上好像以為他就是那位數學很好的學生。」

「當然，我想如果對方仔細觀察，就可以知道哥哥是殘障……但是IYOO確實有普通的、沒什麼的人的這一面。」重藤太太聽了我長考後的回答，似乎放心了。而我也注意到，重藤先生驟然打開了音樂室的房門之後，又重新朝向鋼琴。新出爐的〈肋骨〉，不再隱約模糊，傳來的是鮮明高亢的聲響。

重藤太太從寬鬆的罩衫上伸手搔了搔還包覆著石膏的鎖骨，側耳傾聽著琴音。而我在胸中不斷思索著的卻是：現在自己所說的話，似有矛盾之處，也有不矛盾之處——IYOO是沒什麼的普通人、同時又是比沒什麼的普通人更遲緩的人，但話雖如此，卻又是天賦異秉、幽默風趣的人，〈肋骨〉！而這種種想法似乎是由音樂而誘發出來的。

# 小說的哀傷

現在，因為父母親滯居加州，所以我能夠保持一段自然的距離來看待他們，尤其是父親。和父親的關係中，情感和諧的回憶之一，便是閱讀的《默默》[10]。中學的班上選讀這本書做為課外讀物，每個人都為之興奮不已，國文老師看見我們過度熱衷的幼稚模樣，覺得好像有必要潑點冷水，他說：「可是啊，像這樣一個少女拯救全世界的事，在現實中並不會發生。」

從學校回到家不久，我便纏著在廚房準備晚餐的媽媽，叨叨地述說著。媽媽慎重地回答：「我還沒讀過《默默》哩！」不過，在起居室沙發上看書的父親倒是聽見了，裝做一副進廚房要拿冰箱裡礦泉水喝的模樣，卻這樣說道：

「小MA呀！一位少女獨自拯救了全世界，毋寧是屢屢發生的！只不過沒有流傳下來罷了。大概因為拯救了全世界的少女，自己都不大清楚自己所做的事……。但是，小MA，如果妳躺在床上閱讀《默默》時，胸口撲通撲通地跳，自己也想從灰色男人那兒把時間奪回來，以拯救全世界的話，那就是徵兆了。一位少女能夠完成拯救全世界任務的徵兆。小MA呀！如果妳下定決心要拯救全世界，可記得要告訴我喲！如果妳覺得跟我說很麻煩，可以告訴IYOO，他是比默默更好的聆聽者呢！」

父親從加州寄來的第一封信中，就寫著關於恩德的事。因為我確實也和父親談論過

《說不完的故事》，我想恩德很奇特地成為我和父親之間媒介的作家。

我和媽媽在高度落差很大的校園中散步，一邊互相描繪著小MA、IYOO和小OO在東京家中的情景，迫切的心情不同，一邊觀賞著原產於澳洲也是我第一次看到的樹林，在這樣的時刻，心靈遠較以往穩定許多。這情形就像是以特殊的三稜鏡觀視我們自己的年齡不斷地向前流逝，同時，也眺望著你們度過充實的每一天。這並不只是我個人的盼望而已，現在只有你們三人卻能夠把東京的生活維持得很好，真是萬幸。為此，我要向妳道謝。

今天起了個念頭，準備寫一封稍長的信，要說說小MA以怎樣的形象浮現在我的腦海——我要寫的正是這事本身，其中的影像之一妳應該不記得了，是小MA才三歲左右的事。也像現在的老樣子躺在沙發上看書的我，伸出成く字形的腳，妳就往腳踝一壓，用肚子力量撐起身體之後站起來，並且露出作夢般的表情……我常常把大部分的

10 米歇爾・恩德（Michael Ende, 1929-1995），德國當代重要作家，代表作《默默》曾獲德國青少年文學獎，《說不完的故事》曾改編為電影「大魔域」。

心思放在ＩＹＯＯ身上，和妳幾乎沒有親近過，殘留下的就僅僅是這恍如神祕一瞬的回憶。

另外一個印象便是，妳十幾歲時，和我最疏遠的時期，很難得地聊起妳正在讀的書。以前，關於《默默》我也曾提出過意見。因為看見妳緊緊地握著發亮的紅黑色絹紙封面的《說不完的故事》，我立刻猜測到，妳想就相關的議題，跟我談些什麼。

如果要持續談《默默》的話題，就會讓我反覆地想起在我自己的書中，有這樣的對白出現——「把一切都交託在人子一人的手上，你是真心這樣想的嗎？」「是真心的。」——被逼得走投無路的**幼主**和**流浪漢大山**之間古老的對話。

但是，妳朝著我，與其說是提問，不如說是訴說感想。也許因為妳《說不完的故事》正讀到一半，寫作技巧熟練的恩德巧妙地讓故事高潮迭起，使妳在胸中湧起的感觸無論如何都非得跟別人一吐為快不可。妳好像告訴我，這些話與其跟ＩＹＯＯ說，不如跟寫小說的父親說更為恰當。妳大概說了類似這樣的話。

「讀到一半的巴斯提安，終於進入到故事裡了吧？要拯救奇幻王國的年幼君主起了個新的名字，叫做『月之子』。讀到前一頁時，還擔心巴斯提安究竟能不能進入故事裡，雖然我知道現實生活中不可能發生這樣的事，但是當巴斯提安一說出『月之子』，就順利地進入奇幻王國，也覺得是非常自然的事……。故事，我覺得端賴你怎麼說，一切都有可能。」

「確實如此。」我坦承地表達了我的意見。「我想不只是故事，也許所有的小說都可以這麼說。從書寫者的角度來說，某一種說故事的方法，依每一位讀者不同，如何去讀取，一切都是可能的。這其實是非常根本的喲！長期寫小說以來，年輕時雖然對那些普普通通的評論感到不滿，但是現在不論是怎樣的評論，他們告訴我如此這般地聽取我所說的故事，其實也幾乎是我自己所說的。」

「如果爸爸的小說也能有像巴斯提安這樣的讀者就好了！」妳這樣說時所流露出神祕性的眼光，不禁令我回憶起妳三歲時的那件事……

現在，我幾乎每天都會想起妳所說的這句話。這也是在加州構想著新小說的我心裡的期盼，如果可能的話，有著像巴斯提安——如果他的腳不那麼瘦骨嶙峋，還有點肥胖傾向的話，我和現實世界的他便有點相似——這樣的讀者或聽者，希望今後他能靜靜地傾聽我所講的自己的故事。

**然而。我所意想不到的是，就在收到這封信之後不久，父親為了日本的廣播電台，**

將和《默默》、《說不完的故事》的作者碰面。

……米歇爾的父親艾德加．恩德，一位在納粹勢力抬頭時被鎮壓的畫家，在舊金山舉辦大規模的回顧展，為此，恩德來到美國，我們也有了對談的機會。恩德將艾德加畫展的畫冊也一併送了來，是照相雕刻版，真希望小MA也能看到這些畫。此外，這次的訪談不久也會在日本播放——不過對談的氣氛很凝重——因此我預先讀了對話紀錄，其中有這樣的對話：「但是，藉由迄今為止我們的談話，看畫者自己持續如此的功課，如果能發現通往繪畫裡的入口，也許我們不要事先提供過多的東西、過度地搶在前頭，讓看畫者自己去發現，反而是好的吧！」

雖然我和恩德的談話，和前一封信上所寫的無關，但仍令我想起小MA所說的話。那是妳剛開始讀《說不完的故事》時的感想：進入奇幻王國的巴斯提安，對於我們這個世界的記憶逐漸消失。如果在新世界實踐一個願望，就會遺忘舊世界的一件事，而且自己也不會注意到已經遺忘了。那麼，即使你在新世界重生，也會遺忘舊世界的自己，就像這個自己已經消失了一樣，如果在新世界並未留意這一點，而讓現在的自己如同死了一般，很可怕……

雖然我聽到了小MA的這一番話，但不知怎地，卻答不上話來。小MA所想的事，現在回憶起來，覺得有些不可思議。我自己從小開始，對死亡及死後的事就感到恐懼，雖然也想針對妳的問題作些回答，但現在又再一次陷入沮喪之中，除了對妳感到抱歉之外，也覺得自己很沒用。

小MA那時所發現的重生的問題，對年紀尚輕的妳，究竟有怎樣的變化？希望現在已呈現些許明亮的色調。

那時的我，確實鎮日思索著死亡的恐懼，儘管是些幼稚的想法。倒是最近從重藤先生那兒聽來才知道，這也是父親年輕時開始關心的課題。我猜想父親的內心中必定持續不滅地思索著。我想，我對死亡的恐懼也和父親在W老師死後夜夜遲歸，醺醉地赤面哭泣有關。父親都是獨自飲醉，無人相陪，習於早早回到自己臥房的母親——因為我大多睡在母親床邊的蓆上，醉酒的父親一旦在廚房叮叮咚咚弄出聲響，我就睡不著覺，我想母親也一樣無法成眠——那一天母親稍顯嚴厲地走進父親二樓的書房兼臥室。父親必定是覺得受到了壓抑，既意外又激動地反駁著：W老師有一次告訴我，「……相對於你來說，我的朋友算是多的，而我對死亡也比你更熟稔而深刻，我並不感到恐懼。只要痛苦不要那麼劇烈就好了！」但是，老師因肺癌而死的時候，必定大大地嘗受到苦痛的滋味吧？

我什麼事都做不了，只能把頭埋在枕下，雖然母親回房的時候，我已經睡著了。我想起剛開始讀《說不完的故事》那晚，向父親提出的問題。父親並未理會困惑我的問題，儘管我也很少提問，只是反問我：

「是嗎？小MA，在W老師死後，我跟媽媽說到關於死亡的痛苦，妳都聽見了嗎？……但是，那時候的我，對於死亡之際的苦痛，恐怕只有漠然以對吧！只不過，對於W老師痛苦而亡的事讓我感到恐懼，但相較於此，對我個人而言，死後自己的不再存在，毋寧才是令我恐懼的主因。」

「我也是如此！」坦白說，要和父親談話，我是拙於應對。但也許是憑著手上《說不完的故事》給我的勇氣，便直言不諱。「如果人死了，一切便化為烏有，是很可怕的。朋友說，在誕生前的幾億年，什麼都沒有是很可怕的。」

「……是嗎？這是個難解的問題。我自己現在雖然已不大思考這類的問題，但隨著年紀的增長，對歸零的恐懼也漸漸變得鈍感，沒有特別的睿語可以加強小MA的勇氣。以人類歷史這般規模而言，對所謂的『死者重生』，也是經常被拿來思索的問題……

「如果重生之後，仍是把以前的事忘得一乾二淨的話，那麼和現在的自己消失得無影無蹤不也是一樣嗎？《說不完的故事》裡的巴斯提安好像就是這樣說的。」

但是現在的我思考重生的問題時，毋寧更樂意把現在的自己全然遺忘，而成為一個全新的人——或新的動物、植物，只要是有生命的東西——我並不認為把這個自己忘掉，就等於完全不存在。應該說，重生之後不僅不記得前生，而且在這有生之年，對於接下來的生命或重生也完全意想不出，這反而令我感到比較輕鬆……

如果真有這樣的重生，ＩＹＯＯ、我和小ＯＯ，在此生之前，誰也不記得誰，但卻都經歷過幾輩子來到現在。今後也都無法預期，會在這一生和後幾生相遇。果真若此，這一次哥哥誕生之際腦子被損壞的意外，對於家人極力想補償，並深感遺憾的感覺，似乎就不那麼深具意義了。

父親將ＩＹＯＯ的樂譜自費出版分贈給友人，其中有幾個人都不約而同地說，這音樂彷彿是超越了人類界限的神祕樂音。我像往常一樣只是把話藏在心裡，我覺得這類的感想都過於多愁善感。不論〈北輕之夏〉或〈Ｍ的安魂曲〉都是哥哥仔細思考自己所想表達的事物之後，才開始創作的，為此而習得的技法，乃累積得自於ＦＭ廣播、聽唱片、以及T老師的耐心教導。即使他不能像音樂家那樣雄辯地為自己的作品解說，但是我想哥哥的作品並不是來自於天上的神諭，毋寧是地上人間的音樂及曲法。

就以書寫者的父親為例，父親不論是在書房或起居室的沙發上，都從早到晚地讀著布萊克的詩，就這樣持續數年之後，寫出了一連串來自布萊克預言詩的意象，並附加上哥哥成長故事的短篇小說。其中也有以我和小ＯＯ為素材所描繪的人物。為此我曾經跟弟弟說：「即使是善意的，但只從單方面的角度來寫自己的事，卻會造成我的困擾。現在已經認識的朋友還好，想到以後遇到的人可能會有先入為主的想法，就很心煩。」但是，性格冷靜的小ＯＯ卻回答我：

「妳只要說，那不過是小說，不就好了嗎？」

弟弟和我都沒重讀過集結出版的整本書，不過大約兩年前左右，一位腦性痲痺女孩的母親在小團體活動中建議我，只要讀一本總結性的短篇小說就可以了。我讀了之後，與其說父親的小說本身吸引我，不如說父親引用布萊克詩的典故，更令我銘心。

讀小說的同時，令我回憶起這本小說完成的那一日，父親將讀布萊克時隨手寫下的一整束備忘卡片，在庭院中挖個洞，燒了。母親告訴他，純粹為了詩本身而保留下來也很好呀！父親認真地思索了之後，回答說：「從專家的角度來看的話，盡是誤譯而已。」於是，我把這像是貴府大事紀一般成束成束的卡片，撥弄著丟進樹枝堆中，熾烈的火焰高高地竄起。

耶穌答曰，其毋懼哉，阿爾畢安！[11]
設非吾死，汝何得生／
而吾雖死，亦必重生，攜汝同在。／
友情博愛，此之是名；人而無此，焉得為人？／
耶穌語畢，守護天使，黯中現身。／
羽翼掩之，耶穌又謂：永恆之子，如是行之，
萬民罪愆，率由卸授，己力何殆？唯藉恕囿。

(Jesus replied: "Fear not, Albion: unless I die thou canst not live./ But if I die I shall arise again & thou with me;/ This is friendship & brotherhood; without it man is not."/ So Jesus spoke, the Covering Cherub coming on in darkness./ Overshadowed them & Jesus said: "Thus

---

11 Albion，人名、不列顛島的古稱。

do man in Eternity, / One for another to put off by forgiveness every sin.”）

小說之中，父親說明了一節關於《耶路撒冷》的預言詩，我從二樓書庫，與布萊克相關的書架上，取出大本的摹寫版（fac-similé），看見布萊克自己畫的插畫。在深黑色的畫面上，浮現出樹木反白的輪廓。「生命之樹」。在這兒耶穌釘了十字架。阿爾畢安站在樹的下方聽耶穌說話，他似乎扮演著以一個人而代表全人類的角色。

我邊讀邊睡，幾乎要把這一節背誦下來，於是夢見自己取代了阿爾畢安，站在「生命之樹」前——這樣說好像自負甚深，但因為我也是人類的一員。在夢中，我們的眼睛幾乎睜不開來，耶穌本身更是看不清楚，四下黑暗，只有放射著白金光芒的樹木輪廓浮現眼前。但耶穌說「而吾雖死，亦必重生，攜汝同在」的聲音響起時，守護天使完全如我們所熟悉的模樣，從微黯中靠近過來，以更濃暗的影子籠罩在我身上。所謂「如是行之」，我心中一邊想著便是行事作為要崇德高尚吧？另一方面，我又受到一個熟悉身影的吸引，睜眼一看，原來是生著雙翼的ＩＹＯＯ臉上露出微笑，懸浮在空中。

於是，我心中想，耶穌像這樣死而復生，已不知幾凡。而這一次的相遇，哥哥仍是我所熟悉的模樣……。我在廚房把這個夢告訴了母親，仍是坐在起居室沙發上讀書的父親十分耳尖——我其實也想如此地轉達父親因布萊克的詩而做的這個夢，接著，我便聽到父親說：

「耶穌反覆來到歷史的世界，也就是時間的世界，這樣的想法我認為基督教的信徒們是無法接受的。小MA、和信教的朋友聊天時，留意一下，畢竟這對有信仰的人們來說，是非常重要的問題。」

這事之後不久，我因為小團體的事，星期天早上必須到大學去一趟。有許多人聚集在教堂前面，我揚起頭，不從那兒經過。有朋友在那頭看到我，後來他們以不可思議的語氣告訴我：「小MA，妳怎麼了？像個懺悔少女的模樣?!」

自從接到先前的那封信之後，過了許久又接到父親的另一封信，我相信他對於我所思考的重生問題，確實很擔心。

妳和小OO從午夜電視電影中錄下的電影名稱是《潛行者》吧！因為我們這兒沒有放影機，所以沒辦法看。於是，興起了個念頭，想找原著來看看。我到舊金山專門蒐集俄羅斯小說英譯本的書店去找，很不巧正好沒有斯特魯格斯基兄弟的《路邊野餐》，不過還是有一本蘇維埃現代作家艾特馬托夫（Chingiz Aytmatov）的作品，以耶穌的釘十字架與重生為主題。我用另一個信封寄書，請送去給重藤。說不定他已經直接讀過俄文本了。

在小說中，透過和本丟．彼拉多（Pontius Pilatos）的對話，直接表白耶穌被釘十字架一事在思想上的意義。這在布爾加科夫的小說中也有同樣的旨趣，而杜思妥也夫斯基的《宗教大法官》亦復如是，也許俄國作家都喜歡這樣的模式。小說裡的主人翁是一位現代青年，從耶穌的死和復活到這位青年的時代，已經過了兩千年的時間。主人翁思索著，儘管基督的死而復活可能發生在任何一個世代，但他並不以教會的方式膜拜著耶穌，為了不讓耶穌的死失去意義，他努力地工作。故事的情節是這樣的：有一群人在俄羅斯邊境狩獵大麋鹿——這群人來自都市，為生產肉食品而受僱，和地方上的人不同，其實是相當野蠻的傢伙——他們將青年吊在樹上，並殺害他。

這個青年以前也曾經潛入採集迷幻藥草的非法集團，本想把實況揭露給報社，卻不慎被識破，而從疾馳的貨車上被踢了下去。青年經歷了這兩件事，以自身經驗的形式，理解了耶穌被弒死而後復活的戲劇性。小說中描述了三次耶穌釘十字架和復活喲！如果換一個說法，是因為這個青年在腦海中第一次、又以自己的經驗第二次，使耶穌的受難復甦。

仔細想來，今日的小說家無法處理以耶穌釘十字架及復活這樣龐大主題為主軸之一的故事，於是對於耶穌受難，他們跳躍過歷史，描述經驗著共時性（synchronicity）的人。透過如此，再去描繪原本耶穌的死與復活。這雖是迫於無奈被創作出來的小說技巧，但說不定其用心是和信仰者平行的。

我自己雖然沒寫這類超越現世傾向的小說，但說到這種技巧的有效性，只要一讀優秀的作品就知道。大概是最近又重讀吉爾吉斯（Kirgiz）出身、也就是和我們同為亞洲人作家的作品，而有的感想吧！……結果，這封信成了緊急避難於海外靜謐處所的小說家的獨白，也許對小MA心裡的問題不能有什麼助益吧！

然而，從我和父親的關係來看，其實我在大學——雖然也不是什麼鄭重其事地揭露我的真實身分——是法文系的學生，這也許會給人詫異的印象。事實上，我和文學關係即使淡薄——這也是父親讓我自己獨立判斷的結果，但還是如此選擇了我在大學的課程。不論是這樣的開端，或者接下來我所說的，我論文研究的對象是塞林[12]，是否會讓

12 塞林（Louis-Ferdinand Céline, 1894-1961），代表作有《長夜行》。

人更難想像？畢業論文的指導老師曾經率直地告訴我：塞林作品的法文俚語很多，恐怕妳應付不來？此外，他還說：對於一個處在現代豐饒社會中的女孩子而言，想要汲取塞林的感受及思考方式，恐怕力有未逮。雖然老師說話的態度非常冷淡，但我想他是善意的，而這也是教育上的建言。

但是，自從結束二年級的課程之後，我就每天閱讀塞林的作品，甚至知道我一點一滴做備忘卡的研究所學長，告訴我塞林的語彙充滿毒素的氛圍——如塞林所說的，或許就叫做無知少女可愛的偽惡嗜好？為了逃避可能引起的尷尬，我的回答總是：「與其說是喜歡塞林，不如說是因為喜歡貓，我想蒐集關於這位作家對貓的種種表現方式。」

但是，在我的心中，一開始就決定了自己親近塞林作品的方式：透過孩子們，那一群塞林稱之為「我們的小白痴們」、可憐而瘋狂地與死亡爭鬥的孩子們。這也是我加入大學社團，擔任智障兒童看護義工的原因。在那兒認識的朋友因為各有各的複雜隱私，所以我沒和家人提起過，也沒寫進「家庭日記」中。希望今後也是如此。但是，在孩子們或父兄們，甚至包括我們的小團體及大學裡其他小團體夥伴碰面的過程中，我發現他們經常希望活得像是沒有人在那兒似的消極畏縮的性格，我想多少可以做些改寫……。因為有這個小團體裡的經驗，再加上ＩＹＯＯ，我就像是抓住了通往智障兒童世界的線索。

再者，塞林描述的「我們的小白痴們」寫來生動活潑，每一次重讀都能夠發現異樣的新詞彙頗令人驚奇，因為與其說是塞林對待孩子們的方式，不如說是其表現方式，才是誇張到了偽惡的程度。儘管我個人的經驗有限，但是在日本的健康正常人，雖然嘴上不說，對於殘障的孩子所採取的冷酷態度，卻到了令人駭然的程度。例如，在車站階梯這類的地方，求助無門的殘障兒向他們請求援手時，甚至會引出反射性的偏見態度。相反地，塞林認為這樣冷酷的行為無論如何只有對不熟識的人才是。

我想我最想看的部分是《黎高冬》[13]一書中這樣的小孩和那隻叫做貝貝兒的貓咪。為了準備論文的大綱架構，備忘卡片的摘錄也附上了自己的翻譯。其中之一，例如以下的部分，或許可以看出塞林溫柔認真的一面？前述的「我們的小白痴們」，就是從那兒引述的。

13 *Rigodon*，本書為塞林逝後隔年一九六九年出版，為「流亡三部曲」（Exile trilogy）的第三部。rigodon，原意為法國傳統巴洛克舞風。書名意指書中主人翁於二次世界大戰期間穿越德國前往丹麥的旅程。（編按）

我們的小白痴們，能做的部分都做了，我們已經幫不上什麼忙了。瑞典人、張口垂涎、既啞又聾……三十年荏苒，我想起他們，如果他們還活著的話，現在也都已經長大了吧……或許他們不再流口水、耳朵也聽得見了，能夠好好地受教育……雖然老人們已沒什麼希望，但孩子們一切都還……

雖然我無能說明法文的風格，但是塞林的書寫方式，和初始的空想正好相反，我喜歡他輕淡而坦率地表達深沉課題的感覺。我翻譯著先前摘錄在卡片上的文句直到深夜，並未注意到父親站在旁邊。因為這樣，那些卡片就讓我記憶特別深刻。父親雖不至於拿起我的信就讀，但若是讀著的書或備忘卡片，就會隨手拿起來翻看。從幼稚園開始，這種情況就會讓我焦躁不已。有一天，我正在餐廳的桌上整理摘錄的部分，父親信手拿取幾張卡片，便說，雖然老人們已沒什麼希望，但孩子們一切都還……，是這樣嗎？真是這樣吧！語調奇異而坦誠地流露出寂寞感，讓我甚至無法對他任意拿起卡片就讀的動作，做出厭惡的表情。

但是翌日，父親從他非常重視的「七星文庫」（Préiade）的書架上，取出塞林的《小說Ⅰ、Ⅱ》來，並且說：「關於俚語或人物典型方面，都有附錄和注釋，十分方便喲！拿去看吧！如果有需要，第三卷也有其他的研究書籍，不妨看一看。」無論如何，要擁有這兩冊「七星文庫」對我的荷包來說，負擔過重，所以我還是心存感激的。

其實，我之所以會注意到塞林，起因於一次父親有事要和一位美國作家會面。從這件事看來，雖然我個人想從父親的工作獨立出來，但許許多多的人事物卻仍是相互關連的。

那時我還是高二生，美國知名作家K．V到日本訪問。在電視的訪問中，父親雖然扮演聆聽者的角色，不過談話紀錄都刊載在文藝雜誌上，而K．V先生表示希望將稿費轉贈給廣島的原爆醫院。為了回應K．V先生的美意，出版社也給付比平常高出很多的稿酬。當他們把放在和紙信封裡的錢，親手交給他本人，K．V先生就會立刻委交轉贈出去。雖然父親很高興為原爆醫院仲介，但儀式卻讓他覺得難為情，最後決定由我來做遞交信封的工作。我和出版社的人一起在大廳等待，K．V先生像漫畫裡的科學家，頂著傑出而可愛的腦袋，高大的身軀出現在電梯裡。當我從K．V先生手上接過信封時，便以預先練習過的英文說：「我們會將收據寄到美國的出版社。」因為我覺得用receipt似乎過於輕慢，又在日英字典裡找到voucher，便自作主張地用了這個字。K．V先生聽了，儘管沒有笑出來，卻發出了似乎感到滑稽的聲響，瞪大的眼睛骨碌碌地轉著。

之後，我們到大廳旁的書店，原本他想找找看自己作品的口袋書，很不巧並沒有找到。「這家店的書都選得很好哩！」語氣顯得很遺憾，但又認真，於是出版社的人和我都笑了。終於，我提起勇氣，拿出一本由K・V作序企鵝版的書，請他簽名。這本書是會面前父親交給我的。序文中，繪有一幅如男子塗鴉般的墓碑插畫，而後K・V先生又在自己署名的旁邊，畫上一個拿著小標語牌的女孩子，標語牌上寫著「VOUCHER」，畫風倒是和墓碑畫一致。而在那畫出來的墓碑上雕刻著一位作家的筆名，和他行醫的本名，以及生歿年，也就是Louis-Ferdinand Céline, Le Docteur Destouches 1894-1961。

K・V先生給我印象是個優雅的美國人，於是非常鄭重地把簽名書帶回家，簡單地向父親報告並將信封交給他之後，便在廚房跟母親聊起對他的印象。立刻準備將錢送往廣島的父親聽見我的話，露出喜悅的表情說：「因為K・V，是個decent的人。」讀著簽名書上K・V先生的序文，我覺得父親用的這個英文單字非常貼切。

就在讀到序文的倒數第二節時，引發我閱讀塞林的興趣。K・V先生在文中提到，一九二四年，塞林以德托修醫師的名字寫了一篇〈伊格納茲・塞麥爾維斯[14]的生涯與工作〉，描述關於十九世紀一位匈牙利醫師的論文。

人們對於疾病和人類肉體的關係實在是無知的，因而更有必要將醫學視為藝術，在醫學論文仍得以美麗文學方式存在的時代，我寫下了這文章。

年輕的德托修以幾近英雄崇拜的心情，寫下了這位醫師的事蹟。塞麥爾維斯是維也納一家醫院的婦產科醫師，他一生戮力於預防產褥熱的流行。當時，罹患此病的犧牲者主要是貧苦人家的婦女，的確，在那個時代擁有寬敞住宅的人毋寧都是希望在自己家裡生產的。

若干病房的死亡率，甚至到了駭人聽聞的程度，百分之二十五甚至以上。塞麥爾維斯推斷：母親們是被醫學院的學生所殺。學生們在解剖完滿是病菌穿孔的屍體之後，常常就立刻進到病房來。於是，他要求學生在接觸剛歷經生產之苦的婦女之前，先以肥皂和水洗手。就這樣，他證明了自己的想法，死亡率果然下降。

但是，由於塞麥爾維斯同事們的嫉妒和無知，迫使他退職。死亡率因而又再度提高。

14 伊格納茲．塞麥爾維斯（Ignaz Philipp Semmelweis, 1818-1865），匈牙利婦產科醫師，提倡洗手消毒的醫學先驅，後世尊稱「母親們的救星」。（編按）

從這個實證看來，德托修所學到的，也許是從困頓貧窮的少年時代、或在軍隊的苦役中仍未學到的事：世界前進的方式，與其說是智慧，不如說是被虛榮所決定。

當我告訴父親真想趕快找到這篇醫學論文時，父親露出很訝異、同時又對自己的訝異本身感到有趣的表情。畢竟當時的我完全不懂法文，也無怪乎父親有這樣的反應。我想父親對當時的事仍記憶猶新，所以才會將他非常珍視的「七星文庫」借給我。在此之前，父親因為工作到法國去時，也買了一本伽里瑪（Gallimard）出版社出版的《Semmelweis（1815-1865），thése》送給我當作禮物。雖然我一直都沒去讀它，只是擺在書架上，但是只要這樣看著它，我便能夠感受到父親對於我想找書的事確實很重視。

父親專程為我買回這本論文時，我已經進入法國文學系就讀。雖然當初努力的原因似乎也是為此，然而迄今一直未去讀它，則是另有別的心理因素。這本經K．V先生所介紹的論文，先是讓我做過許許多多恐怖的夢：一隻手觸摸著盡是被病菌吃得穿孔的屍體，而那黴菌就像肉眼看得見的小蟲一般大小。手指也因沾著黑色的血水和膿瘡還閃閃發光，手臂的模樣像是電視影集中婦產科醫師的裝扮，未戴塑膠手套，一步步地朝著我站立的兩膝之間逼近……

另一個夢雖然沒有手伸出來，但是卻夢見ＩＹＯＯ的後腦杓被放在新生兒用的手術台上，上面爬滿了像草履蟲模樣的黴菌……這樣的夢，儘管是無意識的，但對於具有這種無意識的自己，卻感到厭惡。此外，除了對夢本身的震驚，身體不由自主地打顫，也引來自己的嫌惡感。但是，無論如何因為有這樣的契機，我開始讀塞林的小說，不過這已是進大學法文系之後的事了。

總之，我畢業論文所談論的主軸是《黎高冬》。因此，塞林在和「我們的小白痴們」之間的關係，並不讓無時不在的感傷主義介入，他也不擺出悲憫的身段，抱住「好可憐哪！」的想法不放，身為醫生的塞林反而為了孩子們活用了自己的專長，並努力地奮鬥不懈。在困難的環境之中，孩子們一方面殘障，一方面卻發揮了與殘障對抗的精神。我真的很喜歡這部分。

時屆二次大戰末期的德國。聯軍的空襲已經將鐵路癱瘓，多數的難民雖然東奔西竄，但故事則是以這條鐵路為主要舞台進行著。小說中的第一人稱主述者塞林，成為一個被指責的納粹協助者——原本只是他的反猶太思想，但後來卻遭到法國戰爭期中的抗德運動者，亦即戰後輿論界的攻訐，現在他就被視為好像曾實際上協助過納粹似的——因此，他沒有回到法國，也沒有停留在德國，有時到瑞士，有時到丹麥，像是舞著黎高冬舞蹈般地穿梭於德國境內。故事中還提及妻子莉莉、貓咪貝貝兒和演員朋友拉．維格。

他們不確定的生命懸繫於一位身處暗地的德國將軍，在不斷被爆破的鐵路上，僅以身免。塞林將來龍去脈的細節、這期間所引發的心靈悸動，以口語的方式徹底地書寫出來。現今也有這樣的傳聞：塞林寫這本小說時，可能也將一九六一年居於法國鄉間的心靈悸動自由地書寫了進去，當他寫下這小說最後的，他個人獨白的……的翌日，便去世了。我想塞林的書寫方式確實是以自我為中心的，其中也充滿了狂暴的怒斥及流亡者的自我辯護。當然，這本身也顯示了健動鮮活的魅力，也像是偉大作家會去做的事……

然而，在戰爭中，一切的目的只在於拯救自己以及與自己相隨的生命。一邊口出穢言、怒罵、詛咒，另一方面又東奔西竄逃難的塞林，當他偶遇新生嬰兒或「我們的小白痴們」時，情感上卻無法冷淡以待。這儘管是不自然的事，但是寫得深沉動人甚或有錐心之痛。這樣的《黎高冬》深深地魅惑著我。所以，即便有人冷淡地傷害我——如塞林所說的……無知少女可愛的偽惡嗜好？我自己也知道如何自我恢復，我認為語帶諷刺而如此說的人，實在是因為他們並未詳讀塞林的緣故……

失去了投奔之所，流亡到鄉村農場的塞林、妻子、貓和朋友，拿著現在不知是否

還有效的 *Reichsbevoll* ——這應是帝國授權的意思，具體的內容我想還必須到大學圖書館去查——的通行證，經由丹麥，迂迴地出發前往對岸的北波爾多。他們雖然終於搭上砲兵防守的無篷卡車，但是在轉搭柏林往羅斯托克的火車上卻被迫半途下車。他們混雜在柏林的難民群中，又非得找到其他的火車不可。這時，他們又得到消息，說是維琪法國政府遷往德國國境內的西格馬利根，所以他們決定混入打算經由該地回到法國的人群當中……

費盡辛苦重新搭上由萊比錫行經烏爾姆（Ulm）的列車又被爆破，如果不逃進隧道的話，就一定會被液體狀的燒夷彈燒傷。雖然身處在這樣恐慌的狀態中，當塞林發現襁褓中的初生嬰兒被棄置在列車裡時，無論如何也不能放下不管。儘管沒有牛奶、沒有尿布，但是為了嬰兒，他想盡了一切辦法。

空無一物……不見人影！不！在長椅的正中央，有個襁褓中的嬰兒！……大約才一個月大……也不哭…是母親把它丟在這兒的吧！往這兒……我進到其中……遠遠地看著……情況還不壞……並沒有呼吸困難的樣子……很健壯的嬰兒……那麼，該怎麼辦呢？

也許我滯礙的翻譯很難讀取到他的文字氛圍，與其說是塞林不如說是醫師德托修，在兵荒馬亂中，發現了這個被拋棄的嬰孩，便照顧他，而後找到可以信託的人，才將小孩交給他們。我直接以法文將以此為開端的場景抄寫到卡片上，當我謄寫到他發現嬰兒時心情的自然反應，及以醫師的眼光看顧四周，甚至照顧嬰兒時，我感覺到一股溫暖的氣氛就這麼傳來。塞林式的「……」的使用法，在這兒顯得無比自然。其實是個很單純的念頭，如果把自己想像成這個嬰兒的話，雖然表情可能會像遇上狗一樣地害怕，但是讓這位非偽善又溫柔的小爸爸發現了我，並用他累積了醫師經驗的大手將我托起，會是多麼高興的一件事啊！

然而，惡夢般的旅行，持續在一次次窒礙難行非得改變方向無以為繼的辛苦旅程中，和「我們的小白痴們」碰面的塞林，毫不遲疑就緊緊地擁抱住他們。

這和先前提到嬰兒的情形是一樣的，不正說明了塞林天生的本質如此？在烏爾姆的火車被爆破之前，他下了這列火車，走往車站前的步道時，遇見了稱為消防隊長，一位蓄著山羊鬍的老人。五月晴朗燦爛的早晨，塞林特意上到車站宿舍的四樓，去為戴著安全帽卻全身裸露的消防隊長做診察。返老還童的老人忽三忽四弄得他團團轉，但並未為難他。接著，塞林——就在這個時候，因為遭到爆擊而頭部受傷——不過他仍未拒絕看顧「我們的小白痴們」的委託。

故事就這樣開始了。在往漢堡無車頂的載貨火車上，塞林橫躺著，襯衫上似乎還染著血。他心中模糊地期盼著，如果能抵達漢堡，他要繼續往更北邊的地方去。而後，他遇見了一位在弗羅茨瓦夫擔任大學講師、具有德語教授資格的法國女孩，她坦白地說出，她正照顧著四十二個智障兒童，並從柏林蘇聯紅軍的手中逃脫了出來。在旅行途中，他們因為麻疹相繼死亡，現在只剩下十二、三人而已。塞林原想立刻看一看麻疹的情形，但是孩子們分散在列車上，無法立刻找到他們。從四歲到十歲，每一個都無法理解別人說的話。法國女孩現在光是分配食物給孩子們都做不到，她自己不斷地咳血、發燒，最後只好將孩子們委託給醫師塞林。

火車終於抵達荒圮傾頹的漢堡。孩子們都憑靠著自己的力量，下了火車，來到月台。

> 孩子們都趨近過來，不論男孩或女孩都一樣……大家都穿著可笑的衣服，顯得彆扭不合身……十五個人左右……不難，一看就知道是笨蛋……流口水的、瘸著腳的，也有歪斜著臉的，完全是肉體障礙的白痴……

當我帶著ＩＹＯＯ參加福利工作中心的遠足，在人群倥傯的車站換車時，如果耳聞這類的批評，就會激怒我。但是塞林並沒有惡意，他這種說法就像是從袋子裡抓出小貓貝貝兒給太太莉莉看時所說的話一樣。接著，在等待應該會在半夜抵達的前往馬德堡（Magdedurg）列車期間，塞林到漢堡的廢墟中尋找糧食，同時也帶著這一群孩子，「喂！我的孩子們！出發吧！」所有的孩子都跟著我來……我引導著……這種「加油孩子們！」的能量本質，也許很奇怪，也許沒什麼奇怪，經常殘留在我的體內……就像年輕時學會的事物，刻骨銘心地遺留下來……之後，就只剩下模仿、複寫、勞役、過分謙卑的禮儀的競爭而已……

漢堡已被破壞殆盡，甚至曝屍街道，孩子們勇敢地在煉瓦與廢土如山谷的罅隙間鑽入潛出，他們終於在被炸毀的藥局和食品店廢墟中，搬出圓麵包、果醬，甚至牛奶罐。塞林則誤以為前方是無法通行的斷溝，便無功而返。在列車上大家都筋疲力盡，雖然沒有人笑得出來，但是他們卻已能挺直了背，頂天立地——儘管還是會流著口水，孩子們很出色，為了分配食物而撤回車站……

已到了十二月，今年我是三餐的全權負責人，而且家事也由我全盤照管，所以最近一直思索著如何讓ＩＹＯＯ和小ＯＯ過個快樂的聖誕節，就這樣想著想著，再過十天竟然就是聖誕節了。我原本就缺乏料理家務的才能，此外還有一個難解決的問題：無法建立實際的計畫，事情就這麼延宕著。

換言之，這關乎到塞林的畢業論文。膽小的我決定在大學的前三年把必要的學分修完，最後一年只需專心提出報告即可，集中精神於論文以取代進出教室。而後，原本節省下來不去大學的時間，卻因發生了父母親到加州的臨時事故，結果都挪用來做家事及接送哥哥。雖然這件事本身讓我感受到前所未有的生活意義，但是這情形若持續到明年四月父母親回來之後的話，我的論文勢必會遭遇到困境。

由於父親借給我兩冊七星文庫——老師所恐嚇的俚語部分，大致上都有注釋——此外父親告訴我書庫中有一到七冊的《塞林手帖》、包括幾本英文的研究書籍，我想好好參考這些書，論文應該可以寫完。但是，這是在如果我有優等生法文能力的前提下而言。《黎高冬》自是另當別論，我很想在論文裡引用譯文、或翻譯句子時，可以不假思索地照抄不誤。書庫中固然有幾冊塞林的研究書籍，但是父親的蒐集有其個人的特殊偏好，我想一定要另外找些更一般程度的研究書籍。因此，為了利用法文研究室和大學圖書館，計劃一個禮拜要到大學幾天，這個計劃若不能在明年春天早早進行，慢郎中的我一定會被催逼得一愁莫展……

雖然我心中煩擾之事未曾宣之於口，但必定溢乎言表，又或許我的態度顯露出焦慮？一向獨立自主的小ＯＯ，性格上也有細心之處，他並未詢問過我，便找出可能的原因。又或者只是偶然地，因為年底重考班公布了模擬考成績，而帶來這樣的結果：那一天，吃完晚飯便上樓回到自己房間的小ＯＯ，約莫過了三小時，也就是說，已經過自己的深思熟慮，而又下樓來到餐廳。我仍如往常一樣，寫著和塞林相關的備忘卡片，並插入整理好的卡片中。

「從正月開始，每週一半，我也幫忙接送ＩＹＯＯ吧！」小ＯＯ說出了出乎我意料之外的話。「因為以後不必每天到補習班去了，明天就實驗性地開始試試看吧！以前把家事都推諉給妳一個人做，實在很抱歉！」

像是補充說明，小ＯＯ就這麼跑到廚房去找東西吃，我趕緊跟過去問他：

「可是，小ＯＯ，現在離大考的時間不是越來越緊迫了嗎？你為什麼這麼說呢？媽媽會擔心的。」

弟弟彷彿把我的抗議聽進去了，認真思索著該如何回答。這時間內，我大概也一邊做著將吃剩下一半的進口牛排肉切碎，並盛到碟子裡之類的事。當我一端著碟子回到餐廳，小ＯＯ就說：

「這樣吃，沒關係吧？」他一邊用手指抓著肉吃，一邊大體上按著順序說明原本打算一開始就直接跳過去的理由。

「今天下午，我看見了最後的成績公布，為了不讓日後體力垮掉，如果用我自己的方式調整，我相信仍可以考上我的志願學校。這樣的判斷是補習班那邊告知的。去年聯考失敗之後，我自己也加以檢討，所以這一次的判定是有根據的。……我已經太久沒有參加徒步越野競賽、先前的『元旦ＯＬ』，以及正月舉辦的那些晨間大會，體力似乎已逐漸地衰退。如果我接送ＩＹＯＯ搭巴士，比起搭電車到補習班，我想對腰力、腳力應該都是更好的鍛鍊。」

我猶豫著要不要接受弟弟的好意，小ＯＯ或許看見我的樣子而疑心我不相信他先前提到關於模擬考成績的事，於是舔了舔沾有肉汁的手指，從褲子的口袋裡掏出已經揉成一團的優良成績名單讓我看。弟弟的名字在「理科二類」的志願者之中，排名第五。

「……我想你已經思考過也做了決定，如果我現在提出反對意見，你大概也可以很輕易地推翻吧？與其無謂地抵抗，不如接受你的建議。而且對於現在的我而言，幫助也不小……」

「那很好！」弟弟學著父親做總結時慣有的說話方式，一邊將碟子拿回廚房。另一方面，我心想乾脆一石兩鳥將心中的兩個懸案一併解決。

「小ＯＯ，照這個成績去推斷的話，或許我們可以先小小慶祝一下。今年聖誕節我們去吃好久沒吃的烤鴨吧？」

在這之前，一直躺在音響前面的哥哥，因為擔心打擾我整理卡片，所以戴著耳機聽音樂——哥哥原本忍受著我無言的焦躁，現在似乎也失去幾許耐性——驀地抬起頭來，樣子截然不同，非常熱切地看著我。

「ＩＹＯＯ，我們去張夫人飯店喲！從爸爸他們的送別會以後，好久都沒吃烤鴨了。因為小ＯＯ被大學接受了，我們要去慶祝一下！」

哥哥拿下耳機，小心地收好，並且站起身來，伸出手給弟弟，準備和他握手。

「小ＯＯ，恭喜你了。」

「謝謝，但是……」弟弟對於ＩＹＯＯ的理解抱持著戒慎恐懼的樣子。「其實還沒到最後的決定，真正的考試在明年。」

「及格的慶祝會，就像到了舞台彩排的程度吧！」借喻ＦＭ和電視的音樂節目，哥哥正確地掌握住我和小ＯＯ的意思。

不僅如此，哥哥以白天所未有的振奮精神，登上二樓，花了一點時間之後，他下樓來並以平日在車站門口出示定期車票的方式，在我們的面前獻上一捲錄音帶。

他以漂亮的手法將這捲錄音帶放入音響的錄音卡座，我確實記得這捲錄音帶，但是大概有十年沒聽了，那是小ＯＯ小學入學考試及格時，慶祝會餐桌上的錄音。小ＯＯ自己一開始似乎被這舉動怔住了，但為了不打斷ＩＹＯＯ的興致，以往他會回到自己的房間以示消極抵抗，那天並沒有這麼做。

爸爸、媽媽、哥哥、姊姊，謝謝你們的幫助。託您們的福，我的考試通過了。雖然有點難，但我會努力加油！因為有休息時間！……休息的時候，益智問答很好玩，我也做了許多猜謎遊戲。……我的願望是，我在考試的時候，希望大家都能跟我說恭喜。……我長大以後，想要成為十一種類的學者，在星星方面：我想知道星星、天空和海洋；山川方面：平原的事；地球形成之後的事、森林裡動物的事；植物方面：植物生命的事；昆蟲的一年、魚、蛇和青蛙的生活、鳥的生活、日本猴子的生活，都想知道……，啊！日本猴子跳過去、植物生命的事也跳過去，那就剛好是十一類學者吶……，而且我也想知道香菇的事。

在玲瓏可愛的致詞聲音結束後，接著是可樂乾杯的聲音。然後父親發表著祝辭，這時小ＯＯ到廚房去找東西——十三年來他的性格一點都沒變，一思及此，看著板著臉聽錄音帶、懶散不修邊幅的弟弟，感覺有點奇怪——錄音帶中的小ＯＯ發現了新的可樂，趕緊跟大家報告，這和剛才致詞，或經常令我焦躁、以文章體說話的弟弟又不一樣，而是年幼淘氣孩子的稚音：「喂！冰箱裡有可樂喲！」

因而被打斷談話的父親，著實給了小ＯＯ一頓訓誡：你或許真有可以成為十一類學者的聰明才智，但是你總是只想著自己，都不考慮別人。今後到學校上學，會遇見和自己同年齡、來自不同環境的孩子們，上學就是為了學習和大家一起做事，比起成為十一類學者，這一點也許更重要得多……

「ＩＹＯＯ，謝謝你！錄音帶已經放完了。你可以回到ＦＭ的音樂了。……小ＯＯ雖然常常和爸爸發生衝突，但實際上也把這樣的忠告聽進去了吧！所以高中時才會承擔徒步越野競賽社社長一職，甚至使得聯考失敗。」

「妳這樣說，真叫我一時難以回答。」弟弟似乎還羞於自己童稚的聲音，彷彿拒絕了我的加油打氣。

「……ＩＹＯＯ一想起這捲錄音帶就立刻找來，即使錄音帶裡的對答很簡短，也恰如其分地盡了作為我和小ＭＡ的哥哥的責任。如果聽不到他的聲音的話，這聚會本身，聽起來像是進入什麼名校的菁英家庭的慶祝會，那氣氛豈不令人無法忍受嗎？……無論如何，明天就實驗性地開始到福利工作中心接送吧！」

「非常謝謝你！」哥哥仍是慎重地將錄音帶收進盒子裡。

「我也要謝謝你！」小ＯＯ也鄭重地回答。

好久沒搭中央線到位於四谷的大學去了。約好朋友先到研究室碰面，然後到圖書館。在那兒，正有一個不可思議的體驗等著我。原本我計劃要辦理書籍的長期借閱，於是先到閱覽室找個位子坐下來。鄰座可能是午餐外出而空著，桌上卻放著一本令人懷念的紅黑顏色發亮絹紙封面的《說不完的故事》。雖然有點失禮，但我仍是忍不住伸手去翻，發現在扉頁上，不是一般隨意地註記，而是有人端端正正地寫上「為什麼日本，沒能出一位，真實地，鼓勵讀者的作家呢？」

我回憶起自己讀恩德時的激動，因此對於情不自禁寫下這樣的話的人有同感。與此同時，心裡出現另一種聲音，因為有點介意而稍顯遲滯，是非常個人，毋寧說是非常家族性的情感——自己會同意這樣的說法，究竟意味著什麼呢？那就是，我幾乎沒讀過此刻人正在加州期盼度過「困境」的父親的作品。而且否定所有日本作家以讚譽恩德，這樣的批評竟能引起我的共鳴，至少作為父親的女兒來說，是不公平的吧？如果是小ＯＯ，或許他會說作為女兒這樣的感覺本身就已經附加了不公平性，所以這樣的反省是沒有意義的。

於是，我翻看了種種的日文目錄，除了塞林的劇本《教會》，以及美國研究學者訪問當時避難於丹麥的塞林的訪談紀錄之外，也不知道哪來的振奮精神，在申請單上也填寫了父親的書《Ｍ／Ｔ和森林傳奇》，內容應該是和穗子姑母提到的關於「森之不可思議」的事。趁著鄰座的人還沒回來，早早地離開了座位……

接下來的日子，因為有了小ＯＯ實驗性的協助，除了過年前能到研究室和圖書館，同時我也開始讀起父親的小說。後來大部分時間小ＯＯ都和我及ＩＹＯＯ一起在起居室或餐廳讀書，他看見我為了寫論文而攤在四周的塞林小說，也興致勃勃地跟我說：「想了解看看！不過迫於自己即將聯考的身分，如果讀日文的翻譯本，有點過意不去。」——又因為接送哥哥期間，有時也會到補習班露個臉，如果被班上同學看見，總是不好意思——所以他說：「就當是為了考試，讀英譯本吧！」

我把和塞林相遇的契機——其實，那時還未遇見真實的塞林，當我讀到他的訪談紀錄了解了其令人害怕的人格，和他從初期小說到《黎高冬》，對孩子們一貫的溫柔和奉獻的印象並不相符——企鵝版的書，大體上，都借給了小ＯＯ。

聖誕夜，應該和基督教儀式無關的中國餐館也擠得水洩不通，所幸小ＯＯ已預先訂位了，確保我們三人的位子。特別是ＩＹＯＯ，謹慎小心地將沾有醬汁和青蔥的鴨皮包在薄餅裡捲起來，高興地吃著他一向都很喜歡的烤鴨，食量方面也毫不遜於小ＯＯ，我也不客氣地努力加餐飯。往常在這個場合，父親總是喝完了啤酒再慢慢地啜飲烈酒，不過今天我們的晚餐很快就結束了，當全家出席的鄰桌在前菜後的第一道菜將上未上之際，我們已經準備離桌，弟弟便說：「這樣看來，他喝酒還具有調整步調（pacemaker）的功能。」再者，付賬時費用也在電話中母親認可的預算內，心情忽地輕快了起來，由哥哥帶路，在月光下散步回家。因為今天是安息日，我們決定採納小ＯＯ的意見：一邊聽唱片、一邊度過今晚，儘管他剛才對父親下了「調整步調者」這麼一個奇怪的定義。

ＩＹＯＯ事先將選好的聖誕節曲目寫在卡片上，回到家之後，便準備拿出ＣＤ放在音響旁邊。我還把哥哥寫的卡片原封不動地貼在「家庭日記」上。巴哈《主啊！人們盼望的喜悅！》莫札特《魔笛》選粹、巴哈《睜開眼並聽見呼求的聲音》……

ＩＹＯＯ全權負責演奏的播放，所以一直留在音響前面，我和小ＯＯ則在餐廳的餐桌旁說話，很難得地小ＯＯ連話題都準備好了，也就是說，弟弟已經將企鵝版讀完了。而我也正讀著《Ｍ／Ｔ和森林傳奇》思索了許多問題，不過我想不論是寫在給父母親的信中或寫在「家庭日記」裡都不適合，心裡卻很想找誰聊一聊——無論如何，弟弟是最適合的人選！小ＯＯ讀了《黎高冬》之後的第一個評語是：

「這是所謂『鐵路小說』的一種。」

弟弟在中學的時候，因為參加徒步越野競賽的大會，幾乎跑遍了全國，當然是非常熟悉鐵路。但是當他說到「鐵路小說」給我的印象是那些易讀的輕小說，所以要把它和塞林連結在一起，不禁令我遲疑了一下，但仔細去想也確實如此。

「當然，不是那種打發時間遊山玩水的『鐵路小說』，而且剛好相反，就像妳偶爾會說的，他是那種冷不防給人當頭棒喝的傢伙，而且從文章中也可以找到這感覺的正確出處，那場面其實是非常震撼的。」

塞林為了避開戰火，東奔西竄地想要逃離轟炸方酣之地，因此讓「我們的小白痴們」引導著往前走，在漢諾威的轟炸中，就像他先前所寫的，冷不防地當頭棒喝，頭部受了傷。

事情的始末是這樣的：為了尋求逃離德國的道路，塞林朝北而行，通行路線柔腸寸斷不斷地受阻，在旅途期間，一度放棄火車，橫越過被燒夷彈摧毀、整個市區仍在燃燒中的漢諾威。塞林為了借用手推車囤積貨物，從已經廢棄不用的車站運到市區另一端的車站，便賄賂車站站長——IYOO聽見我使用如此下流的措詞，似乎嚇了一跳——但是，其他下火車後卻無計可施的傢伙們，妒恨而咒罵著深得要領而行事順當的塞林。摩擦逐漸地升高，最後被其他人追打。「殺人了！殺人了！快跑！」落慌而逃的塞林一行人，被掉落在地面上的陽臺阻斷了前方去路，就在這時，新的轟炸又開始了。哐！磚瓦砸在頭部，最後不支倒地時，才注意到原來從頭頂到襯衫、長褲盡是斑斑血跡。儘管塞林頭部受傷，行動變得蹣跚無力，但是對於孩子們的照顧仍是竭盡所能。

「K．V的序文中也寫道，在第一次世界大戰中已經負傷的塞林，在漢諾威轟炸時又受傷，使他經常擔心頭部的情形是否會惡化。這也讓我對他產生一種並非無動於衷的同情。我很喜歡從塞林英譯本中引用其序文裡的那段文章，內容不提，只是單純的喜歡，也許讀法文本的印象又不同。」

小ＯＯ還把他夾在企鵝版裡的卡片拿給我看。如此看來，我和弟弟的讀書態度是一樣的，我想也都是模仿父親的吧！我把弟弟的譯文和自己摘錄自法文本同一出處的卡片，拿出來對照著讀：

死亡和痛苦，非如我想像般地巨大，因為它們太常發生了，如果我曾鄭重以待，那必定意味著我的瘋狂。我非得更理性不可。

「小ＯＯ翻譯得比我還流暢哩！我沒辦法用那樣乾脆的語調轉換成日文，而且法文本身感覺上也是較明快的……我第一次讀塞林的作品也是這本書，那時候，也在同一段落，奇妙地令我感到心動。」

「真的耶！還劃了紅線。」

「我很猶豫該不該這樣說，因為這說法聽起來很狂妄自大，這些話跟你說，不過可千萬別對外面的人提起，我覺得不論是塞林或Ｋ・Ｖ先生，甚至要求在這本書上簽名的爸爸，都是悲劇性的人物？……再者，也不能不聯想到ＩＹＯＯ的事吧？因為

ＩＹＯＯ在媽媽的體內，以及出生後的手術，也是兩度頭部負傷。一旦讀了這文章，就能夠理解ＩＹＯＯ對於疾病和死亡十分敏感的原因了。」

……大伯父去世的時候也曾經提到過，ＩＹＯＯ一旦在報紙的訃聞欄看見相撲力士養成所的師傅或作曲家之類的名字，就會發出「啊！又死了！」畏懼的感嘆。更何況是大伯父的葬禮，哥哥就更待之虔敬了。每當哥哥感冒發燒或發作時的下痢之後等，為身體的異常而擔心得魂不守舍時，就會像被打敗似地橫倒在沙發上。每半年一次的健康檢查到醫院去時，哥哥總是顯得很雀躍——甚至高興到斜著跑步的程度，讓媽媽都愣住了——即連自第一次手術後便一直照顧他的M老師去世後，也是這樣。因為與其說他懷念一位熟識的醫師，不如說他比較掛慮自己的健康能有人為他檢查，令他感到喜悅吧！

這樣的ＩＹＯＯ，當他自覺到死亡即將降臨的話，會是如何地膽怯呢？何況像癌症那般會帶來劇痛的疾病，再加上恐懼，會是何等的痛苦呢？健康正常的人，如果用Ｋ·Ｖ，先生文本中的詞彙來形容的話，相較於saner[15]的人，對哥哥來說，死亡的痛苦不是更深遠而沉重嗎？

15　較理性穩健的。

哥哥在一旁聽音樂，當然這樣一番話不可能出自他的口中。但是，我和弟弟甚至會把K．V先生序文中的同一段文字摘錄在卡片上，從小說本身來看，我深信他和我有同樣的感受和想法，是有所根據的。因此，我才會將牽繫於心中的感想原原本本地道出。

「塞林不論在現實生活中或小說世界裡，都是自暴自棄的，曾經聽爸爸說過，或許這就是岩野泡鳴所謂的『絕望的野蠻勇氣』？恩德則認為，在小說的結尾到達某種安定的境界之前，作者本身必須先安定。爸爸說他在舊金山和恩德會面時，感覺他實際上便是這樣性格調和的人。」

「這是我第一次有意識一邊思考著爸爸本身的事，一邊讀他的作品。在小說世界中，故事雖然結束了，但是在寫故事者的這一方，感覺則更向困難的現實世界那一方探索。爸爸現在也許在信仰方面遇到很大的困擾，表現卻更極端。但是爸爸並不像恩德那樣，主人翁與作者之間相互解救；毋寧是像塞林那樣，不論在故事中或現實世界中，不都可以說是個自暴自棄的人嗎？儘管塞林是這樣的人，但是他為了『我們的小白痴們』不斷地努力奮鬥，而爸爸卻是個溫吞馬虎的行動家。……爸爸雖然經常懷念起森林深處裡的山谷，然而寫完了村莊和村民的神話，卻無法像祖母或穗子姑母那樣自然地生於斯死於斯……這確實會讓寫完這本小說後的父親遭遇困境。」

「這是個難解的問題哩！」弟弟仍是學著父親慣有的說話語調。「藉由寫小說，現實中的難題會明顯化，而且該小說如果無法超越問題的話，應該是更難解決的。」

「這樣的說法實在令我費解。而且依祖母的說法，爸爸也未曾表示要選擇小說家作為自己喜愛的終生職業，似乎是因為在鄉下的家中，覺得自己無論如何都應該成為記下深山傳說並予以流傳的人。從小開始，周遭人就不斷有這樣的期望……」

「小ＯＯ在小學入學以前，說話說得不也像寫文章那麼好嗎？爸爸不也是這樣的小孩嗎？當然，他說的是帶有口音的鄉下土話。」

「『疑』（危）[16]險啦！難不成我也要成為故事作者？」

「大伯父的葬禮時，我們不是到了爸爸的村子去了嗎？祖母曾經表示，我們家裡出了創作故事和作曲的人，她感覺到總有一天是要表現『森之不可思議』的！當我讀《Ｍ／Ｔ和森林傳奇》時，又重新體會到這樣的事。」

「所幸有爸爸和ＩＹＯＯ，我和妳才可以免除這樣的責任哩！從這一點來看，也挺好的！雖說如此，我們的未來還是樂觀不起來！」

16 小ＯＯ學父親有口音的鄉下土話。

聽到作曲這樣的語彙，又聽到自己的名字，哥哥對我們的談論似乎感到興趣，也來加入談話。

「是啊！我想還是樂觀不起來！」

「咦？ＩＹＯＯ知道樂觀的意思嗎？」

「我想是神經痛好不了，熱水又煮不開。」哥哥一邊壓著側腹，又表演式地凝視著瓦斯爐上正滾著水的紅色藥罐。[17]

瞬間，我從鬱悶中解放，放聲大笑，但是沒想到小ＯＯ卻真的生起氣來。也許是因為讀了《黎高冬》之後，心中認真的思索被打斷。或者，更單純地只是因為自己並不想聽小學入學時的錄音，卻不得不忍耐，而現在藉故發作了。

「ＩＹＯＯ，我覺得這種笑話很無聊，因為無聊笑話是不具有生產性的。ＩＹＯＯ說的無聊笑話，爸爸雖然很喜歡寫進小說裡，但是我不覺得這是什麼好事。無聊笑話不能帶來實際的解決結果。……光是會說這種話而覺得有趣的ＩＹＯＯ，我很討厭。明天我不去接送你了！」

小ＯＯ就這樣蒼白著臉，匆匆地離開了起居室。哥哥和我都因為事出意外而變得消沉。雖然安慰著哥哥叫他不要在意，但我覺得弟弟責備的好像是我對哥哥的態度，再者，他的批判是如此的嚴厲，這讓我陷入許久未曾出現的自動人偶化。但是，弟弟似乎還沒回到自己的房間，就又折回來，從半開的門當中，忽地探出仍蒼白著的臉，說：「剛才很對不起！」收回了他說的話。「我剛才說的話，一點邏輯性都沒有，一點都不通，……ＩＹＯＯ，明天一起去福利工作中心吧！」

再一次地，小ＯＯ這回靜靜地把門帶上，上樓去了。哥哥沒有作聲，取而代之的是，輕輕的頷首，樣子仍顯得害怕而垂頭喪氣。我心裡則想：儘管聯考大體上可以預測得到，但也不是絕對，弟弟應該有憂患意識，而他還是要花時間接送哥哥……自己久久無法從自動人偶化恢復過來……

不過從照管家事的立場來看，卻不能總是如此憂鬱。於是，在聽完巴哈的小清唱劇之後，我帶著ＩＹＯＯ回臥室，站在一旁看著他自己換衣服，用毛巾裹住龐大的身軀，而後倒在床上，蓋上棉被。哥哥就像往常那樣，伸手擱在枕邊的檯燈開關上，等著我把走廊的常夜燈打開，他還是垂頭喪氣的樣子，把身體背轉過去。等我走出房間，背後傳來喀嚓一聲，房間便暗沉了下來。接著，我聽見ＩＹＯＯ像是悄悄地自言自語，

17　日文「樂觀」的發音為RAKUKAN；藥罐的發音為YAKUKAN；非常近似。

壓低了嗓子說：

「過去我一直都是很樂觀的！」

家庭日記

從一月開始，弟弟認真地規劃在家準備考試的日程表，我則一週兩次到大學圖書館和研究室去。現在，甚至有時間認真考慮當初曾很反對父親以性方面「擦槍走火」為理由而提出ＩＹＯＯ的運動建議。哥哥和我起了去游泳的念頭。不過，從殘障者義工活動得到的經驗，有件事令我擔心。大體上是，父親是某俱樂部的正式會員，結果在家族會員中登記了哥哥是名精神障礙者之後，就開始了令人厭煩的面談。不過，我記得小學的時候父親曾帶著ＩＹＯＯ，兩個人一起到位於中野的運動俱樂部去。

大澤先生，俱樂部的營業負責人，親自接待我們。他大概是因為工作過於忙碌以致臉色十分蒼白，肩膀和胸部，從比例上來說，感覺上比整張臉大上許多。大澤先生原是以體操指導員的身分進入俱樂部，據說現在也加入股東了。他帶著我們參觀並一一說明俱樂部的設備之後，又回到了會客室，這時手續已經全部辦妥，只要哥哥簽名蓋章就可以了。

我很快地把事情的大略經過向母親報告。寫信的另一個重點是，我自己沒辦法跟進男子更衣室，不知道哥哥是否能順利地更換泳衣，乃至將衣物放進儲物櫃裡，這類的事。為了回答我信上的問題，父親打了通國際電話來，為了使他對男子更衣室的認知能對我有所幫助，幾乎言無不盡，甚至非常細瑣的注意事項，都很熱衷地陳述著。為了減少對其他人的困擾，儘量使用更衣室角落邊上的儲物櫃，那經常都是空著的。因為櫃門只是將金屬板折彎，並沒有磨平，所以打開門內側的時候要小心不要割了手指。此外，事先準備一些十圓硬幣，鎖上儲物櫃時派得上用場。俱樂部會發給大小兩條毛巾，小毛巾可以拿下游泳池，或是在烤箱室裡擦汗用……

之後，關於讓ＩＹＯＯ到泳池游泳的決定，父親也沒再說些什麼，這很像父親平日的作風。出發前，哥哥對於自己運動一事也多所顧慮，在我面前嘟囔，擔心自己無法處理怎麼辦。我先是利用家裡的洗手間，讓哥哥練習換泳衣。弟弟則很難得地在起居室的電視機前面打電動玩具，玩得很開心，不過他批評我叫哥哥時的語調，說是和爸爸叫哥哥做什麼難度高的事時很類似，都過度地亢奮。確實如此。

「ＩＹＯＯ，機敏一點！裸體雖然不是什麼可恥的事，但若是太過慢吞吞，別人也會覺得噁心喲！最好能在三分鐘以內換好游泳衣！接下來先確定是否把換下來的衣服全部放進儲物櫃裡，然後再投入十圓硬幣，把鑰匙轉一圈。我會拿著小毛巾、潛水蛙鏡、和游泳帽，在更衣室外面等你。」

這些手續，哥哥能否順利地完成呢？當然，一開始可能會張皇失措或動作遲緩，但我相信最後一定可以熟能生巧地完成。因為在看護比哥哥更重症的殘障兒活動中，我逐漸確定這樣的想法。這些雖然只是在我的胸中，我用在塞林那發現的語彙，呼喊著「加油！小子！」式的口號：年幼的塞林和外出工作的母親一起朝那家店走去，雖然自己打算幫忙，但偶然間經過的叔父大聲地督促這位小少爺，呼號「加油！小子！」的聲音在空氣間傳響。儘管這樣的表現方式有兩重涵義，浮現我心中的則是正面鼓勵的那種——塞林在《黎高冬》一書的回憶中發掘這件往事時，我想他應該也是這樣的感覺。

參加義工活動時，看那些殘障朋友行動，一開始都會放心不下，然而他們就像對自己呼喊「加油！小子！」似地，最後終於順利地完成他想做的事。而我對ＩＹＯＯ應該說有著相同的期待。

在家中，誰都不會對哥哥的舉動感到異樣。雖然我在前文中曾寫到發生在往返於福利工廠公車上的事，但是諸如聖誕節大夥一起外出吃飯等等時，哥哥甚至會精神抖擻地走在大家前面。如果不是太疲倦的話，在巴士或電車上看見老人——他會先確定是不是夠老——也會發揮例如讓座這類的社會美德。但是，在運動俱樂部中，大家都是運動好手，有些年輕人甚至會做出粗暴的肢體動作。哥哥的動作向來悠緩，不也可能讓他人感到遲滯不前而討厭嗎？但即使是這樣的過程，我都希望在男子更衣室裡的哥哥能夠發揮「加油！小子！」的精神，超越可能的窘境。

事實上，哥哥從第一天到游泳池開始，就都做得很好。按著練習的順序，我把他送到男子更衣室的門口，立刻到女子更衣室，很快地換好泳衣，然後站在下游泳池的階梯和飲料販賣機之間等他。就在這時候，大澤先生從樓上健身房的階梯下來，身邊還站著一位年過三十的男子，他針織襯衫的胸口部位因汗水而濡濕成一塊黑漬。由於我一直將注意力放在哥哥是否能平安無事地換好泳衣出來，所以只是和他們點點頭，就又將視線移回到男子更衣室的旋轉門這邊，可是他們兩人卻站到我的身邊來。一方面也因為穿著泳衣，我驀地回顧的視線一定顯得很慌張，但他們倆倒是向我投來友善的目光。

「這位是敦親睦鄰委員會的望月先生。」大澤先生為我介紹。

「我從事印刷工作。妳真是細心照顧周到。」說話模樣非常認真嚴肅的望月先生，就像電視劇裡演街坊大哥那類配角的人。他之所以會說我真是細心照顧周到，大概是因為在加州的父親很快地就寫了封介紹信，表明我們要到游泳池運動的事。儘管他們弄錯了兄妹關係，不過我也早已習慣，依然能感覺到他們誠摯的善意。

「令弟還在更衣室嗎？要不要我去看看？」

「他原本就是凡事慢慢來的人，我想就快出來了。」

於是，大澤先生就回到他擺設看來就是很忙的樣子的辦公室，望月先生則是笑嘻嘻地站在我的旁邊。然而，當旋轉門旋轉得特別緩慢而ＩＹＯＯ從裡面走出來時，一位陌生男子像是保護著哥哥的姿態跟了過來，望月先生不禁露出困惑的表情。好像想跟我說些什麼似地回頭看我，我則是看到望月先生滿是皺紋的微笑之後，才沿著他的視線，發現哥哥身後的那一名年輕男子。我想到的是，光著身子的ＩＹＯＯ是否會嚇一跳，這才強化我的防禦之心。但是，望月先生確實是一副很困擾的樣子，卻又一邊以愛憐的眼光看著惡作劇的孩子一般，注視著哥哥往我這兒走來的步伐。他似乎思索該如何擺脫這個窘境，換言之，他覺得和哥哥一起過來的年輕人似乎很有問題。

這個青年一身漂亮的皮膚堅硬地包裹著極發達的肌肉。連穿著的泳衣感覺上也像是配合肌肉所縫製的，因為極端地窄緊，腰的部分便非常地合身。望月先生對這位跟著ＩＹＯＯ一起出現的年輕人似乎感到為難，所以把我也牽扯進來。

「這位是新井。您們父親經常來這裡游泳的那段時間，他曾有一陣子也是一起游泳的伙伴喲！」

「我也和這個人一起游過，我一直都記得。」

「以後，我有許多空閒，可以當教練，如果覺得有必要的話。」

「那就麻煩你了！」哥哥一個人就決定下來，很從容地回答。說完就站在游泳池階梯的前頭，準備要下水了，看來他對這游泳池確實記得很清楚。正好和整體給人緊繃的印象相反，像女孩般微微地開啟的唇間，露出了對男子來說過於整齊的白色牙齒和粉紅色的牙齦，新井就這麼瞅著我，IYOO也顯得很不放心的樣子。我除了說「那麼，就麻煩你了！」之外，似乎也別無選擇。新井緊閉他的雙唇，那像是裝了彈簧的下肢用力地踩著地板，追了哥哥過去。

俱樂部的泳池共有三個，分別是競賽用、跳水用，以及蓋上網子、給泳技較差者兼作潛水訓練用的較陰暗泳池。在競賽用的泳池中，有許多游泳訓練班的學生正興高采烈地接受指導。旁邊則是像沉入尼羅河的神殿般，高度差距很大的跳水泳池，在那兒有穿著像是救生潛水裝的中年婦人，配合著收音機的音樂，慢慢地挪動著手腳。

對面以玻璃帷幕隔著，較一般為低的，是正式會員專用的游泳池，新井在那邊的角落，叫IYOO趕快做體操，接著就進入最內側無人的泳道，開始訓練起來。為了怕萬一有什麼不妥的情況發生，可以替哥哥和新井溝通，我就在隔壁一個泳道游著。由於游泳訓練班的小學生們進不來，加上是週日白天，所以每一個泳道只有一、兩個人。在我這個泳道，另外還有一個如兒童般身材矮小的人站在對面的角落，似乎正在休息一般。

我以自由式慢慢地潛游下去，有個女人憑倚在分隔泳道的繩索上，黯淡泳衣包裹著的身軀奇異地腫脹著，我心想大概是水中光線折射的緣故，未曾多想便往回游。一邊游著，我感覺到那女人開始追著我游了過來，於是我又重新潛下水去，正好和那女人擦身而過，我不禁吃了一驚。

那女人肥胖的程度是我從沒見過的，身軀宛如裝滿米的麻袋，又從中伸出圓錐狀的四肢，即使是自由式的泳姿，打水的兩條腿之間也沒有縫隙，感覺就像是兩隻手指一起套進了手套的一隻指套，挪動著。那女人大概為了讓身體輕便一點，只在水面上露出戴著蛙鏡的細小的眼睛部分，從三層的下巴抬起略具臉孔雛形的頭來。我反過來追著那位似乎正難受地自我鍛鍊的肥胖女人，覺得自己像是用了什麼不正當的手段，如此迫近地窺視她那打不出氣泡，窒悶地挪動著的雙足……

我在泳道的末端換了一口氣之後，立刻朝新井的方向游去，他正教導著ＩＹＯＯ自由式划動手臂的方式。入水、拉、推、收回、入水，哥哥興奮地反覆吆喝著這樣的順序。也許這是教練的基本技巧，但也正好是非常適合哥哥的方法。只是很短的時間，新井便讓哥哥記住了手臂的划水方式，隨後又支撐著哥哥下沉的下肢，打算讓他試著游看看。我潛入水中，看著哥哥游泳的模樣。安靜、溫柔，但確實地銘記每一個階段，

ＩＹＯＯ的手臂做出了入水、拉、推、收回等各種形式。這時，在新井的誘導下，雙腳自然地踩到池底，哥哥還遊刃有餘地吸了一口氣，等待新井的下一個動作指示……

接著，新井要哥哥把兩個連結在一起的圓形塑膠筒夾在腿間，好讓他以自己的力量前進。這樣的方法，父親以前也讓ＩＹＯＯ試過，我還記得那時父親是利用打水板，因為腿力不夠，很快就滑了出來，順著水勢便浮出水面。但是現在，兩個綁在一起的圓筒順利地纏繞在腳上，ＩＹＯＯ滑水前進了大約兩公尺左右，身體才斜斜地沉下去。新井等在那兒，撐起哥哥的胸部。哥哥吐出嘴裡的水，又咳了一咳，對於自己完成了動作，顯得雀躍不已。新井拍拍ＩＹＯＯ白而柔軟的肩膀，好像說了些什麼。接著又立刻回頭看著我，做出知道我全權監護哥哥的模樣，出聲說：「第一堂課三十分鐘，已經足夠了。我們上去烤箱室，說一說以後的計畫吧！」新井儘管身體移動得很快，聲音卻一點也不急促紊亂，相當爽朗。ＩＹＯＯ已全然醉心於新井，很用力地點點頭……

烤箱室靠牆壁的部分用木板隔成上下兩層，我和ＩＹＯＯ並肩坐在下層。很難得集中全副精神運動的哥哥，雖然全身緊繃到臉色蒼白的程度，但也開始露出微笑，這是平日所沒有的表情。他把頭埋在圓而肥胖的肩膀裡，看來是疲累了，不過也看得出來體內仍愉快地體驗著運動的餘波。

新井將哥哥使用的浮具和自我訓練用的道具放在一旁，如鎧甲般的身體立刻在我們座位折彎相鄰處坐下。一位看來像是大學游泳隊女子選手的女孩從更衣室那兒進來，從她的肢體動作判斷，似乎是認識新井，不過新井卻是冷酷得毫無表情。

ＩＹＯＯ游泳後又做著體操，從泳池邊爬上幾重曲折的階梯之後，等待著從所有的疲勞中恢復，新井向我們說明今後的練習計畫。身軀是幾經訓練的運動員體型，但頭部以上卻像是少年和少女的混合。我對新井，這樣的新人類，如此為我們費心，再者，感覺上和哥哥是同樣年紀的男孩子——也許實際亦是如此——這樣跟我說話，抱持好感。

「今後，每週這一天的同一個時間，能夠到俱樂部來嗎？每一次練習三十分鐘，練習個五次，我想就能夠學會換氣，屆時就能夠游完二十五公尺的游泳池了。你不用怕水，只要按照我的指示確實去做就可以了。」

「是，我會確實去做！」ＩＹＯＯ一句不漏地仔細聆聽後回答。

「健康檢查說心臟有問題，不是嗎？」

「雖然有時癲癇會發作，……但心臟沒有問題。雖說是癲癇，但旁人看起來不過是三、四十秒的事，這期間，意識會變得模糊。如果一個人在水裡，又正好發作的話，就會有危險……」

新井雖然專注聆聽，但坐在他身旁的女孩卻兩次發出「咯」的笑聲。咯！很不可思議的聲音。我驚奇地抬起頭來看她，我注意到當我說出癲癇的字眼時，她便發出這種強忍住笑的聲音。我的眼光從她汗水淋漓的臉上移開，看著她因日光浴而燦燦發光、豐滿、紡錘形的腿，然後眼光又回到我自己蒼白如棍，未滲出一滴汗水的兩腿。真的，我真心覺得，新井無視於那女孩，而繼續跟我說明著游泳計畫，是一件不公平的事。

「那麼，每週六的三點到三點三十分，我們一起游泳吧！這時間我經常都是空閒的……，可以嗎？」

「可以的。從三點到三點半的三十分鐘嘛！」ＩＹＯＯ一邊回答著，一邊對數字的反覆感到有趣。

「教練費，應該怎麼付比較好呢？」

「教練費，倒是不用。我自己很樂意這麼做。」

那個有著一雙赭紅色紡錘形美腿的女子，又做出「咯！」的聲音，不過這次給我的感覺大概是要求新井重新考慮的警告。

「我們很感激你這麼說，不過是我們要請你教，而且教導哥哥又特別地辛苦……」

這時，旁邊一位流著大量汗水，從腋下、股間滴落，發出滴滴答答的聲音，臉上還覆著毛巾，正面上半身橫倒著如「物體」般的人，坐起身來。紅通通的圓臉，對著我微微一笑，汗粒像壓碎般地從朝上的鼻頭滾落。

「沒有問題的！新井在俱樂部的工作，週六不必上班，整天像殺身體似地拚命練習，如果有個輕鬆的教練工作，對他來說就像中間做體操休息一樣。」

原來是親睦委員會的望月先生！他從我們進來烤箱室前，就一直蓋著毛巾躺在那裡。聽了新井說的話，狀況也大致底定，才適時地幫腔。接著，望月先生朝著那位坐在新井旁邊，正發著火生氣的女子，笑容可掬地問：「ＭＩＫＡ，要開始練習了吧？還是擔任初年級的教練嗎？」雖然對方完全不理不睬，但仍保持和藹可親的表情，又躺下。這時，剛才看見的那位異樣肥胖的女人帶頭，從泳池旁邊的側門，進來了三、四個人，而從更衣室那個門又進來了四、五個男人。望月先生被其中一位長著鬍髭的小個子男人惡狠狠地教訓著：

「望月先生，再睡下去可是不行的喲！烤箱室變得很擁擠了，不是嗎？稍微游個泳，好歹動一動身體吧？光是流汗有害身體喲！」

「為什麼有害？」望月先生顯得惶恐，同時又保持微笑，重新坐了起來。

這位使用女性用語、長著鬍髭的男人，又對著那位極端肥胖的女人說：「植木小姐，稍微減個肥吧？如果不瘦一點，實在不夠格做個女人哩！」烤箱室裡的每個人大概都覺得他這樣直言實在太不經大腦了。連ＩＹＯＯ也不知所措，趕忙低下頭去。但是，植木小姐本人倒是用力地點頭，並不特別顯得不高興。大家忽然就這樣開始講起話來，新井則把兩腳往身體的前方抬高，又把膝蓋夾在腋下，沉默不語。

在客滿的烤箱室的新氛圍中，沒有人先離開。室內中央，塞滿了黑色石塊的金屬製圓筒發著熱氣——我想這便是三溫暖效果的熱源，圓筒外圍著木欄，我們就坐在開著狹縫的木架之間。有人做著熱身操，有人甚至啪嗒一聲背部著地，將交叉的兩腿貼在腹部，就像要把自己塞入甕裡的魔術師那般的姿勢，滑溜溜地移動著腳踝。這一切就在ＩＹＯＯ的眼前發生著，他的態度很拘謹，不過笑容滿面地朝著我，像是在說：「喝！幹得好！」

「新井要練習了，不如我們先到浴室，一會兒再回來三溫暖，之後再穿衣服吧！我帶你去。」

望月先生朝著ＩＹＯＯ這麼說著，也一邊站了起來。他坐過的地方，就像拿著水瓢傾倒而下那般的濕漉漉。望月先生儘管流著大量的汗，卻仍為我照料哥哥。其實很明顯地，是想為新加入的我們做點什麼，而那位長著鬍髭又女性化的人也不再嘲弄他，只以親密的眼神目送著我們。換言之，這便是先前大澤先生站在更衣室和大廳前和其他人閒聊，也就是預先為ＩＹＯＯ做準備所展現出來的成果。

我洗完頭還未吹乾，就趕緊步出浴室走到大廳，張望著男子更衣室的入口。這時，望月先生推了旋轉門，一看見哥哥精神奕奕地走出來，我立即向要再回去三溫暖的望月先生鄭重地道謝。為了慶祝第一堂上課成功，我打算和ＩＹＯＯ一起買販賣機裡的熱紅茶喝。

走下俱樂部的階梯，邁向往車站的步道之際，ＩＹＯＯ勉強壓抑住好心情，煞有介事地做著游泳動作。落日餘暉中，沿著步道，建築物一樓游泳池偌大的玻璃帷幕發出耀眼的光芒。大游泳池已經開始成人的泳訓班，為了加強正式會員的個人練習，幾個跳水台上都掛著「訓練泳道」的牌子。有位選手正使用其中一個泳道，做著劇烈的胸部運動。每往返一次，就挪動泳道繩索上的一個救生圈——大概是計算著游泳的距離吧，才深呼吸一口氣，雙肩便又猛然地撞擊水面游了出去。ＩＹＯＯ眼尖，發現那個宛如水棲動物、肌肉濡濕光亮的人正是新井。

我和ＩＹＯＯ靠在玻璃窗前的不鏽鋼欄杆上，在泳池裡游泳的新井和他的四周，因陽光返照而波光瀲豔。新井異樣兇猛之勢，反覆以胸部去擁抱池水，很快地往我們這邊突進而又倏忽靜止，幾乎像病人那樣聳起肩膀深深地吸一口氣，之後又挪動泳道繩索上的一個救生圈。重新翻身踢了泳池的邊緣，潛行而去的下肢非常地精壯，然而這動作和一般運動員矯健的體力、靈活控制所呈現的優美動作不同，給人的感覺毋寧是卑劣粗野甚至冷酷……而且從他身上並未傳達出運動選手鍛鍊體力所看得見的愉悅感，倒像是一種自我懲罰。先前，所謂殺了身體的練習大概就像這樣吧？一時間，我覺得很掃興。

「ＩＹＯＯ，我們走吧！這樣偷偷看人家，會讓人感覺不好喲！」

哥哥顯得戀戀不捨，才慢慢地離開了不鏽鋼欄杆。

隔一週的作曲課結束之後，和重藤夫婦聊起游泳訓練。我告訴他們因為是游泳選手的教導，和以前父親的做法不同，是正式的游泳訓練哩！

「如果能以正式的游法游泳的話，那是再好不過了。ＩＹＯＯ如果能勇猛地以自由式游泳的話，身體就會強壯又結實！當然，也會很健康。雖然練習很辛苦，還是要加油喔！」

「雖然到現在也學了不少，今後在水裡也一定讓您們來加油！」

重藤夫婦和我都注意到哥哥照例又玩著文字遊戲，但我們仍是開心地笑了。重藤太太太大概是想起了作曲課的辛苦，於是又說：「在水中也是如此吧？……」開始游泳的事，我已經寫信告訴母親了。而且也向重藤夫婦報告了一遍，但是出乎我意料之外，自己信上寫到關於新井是一位很棒的教練一節，會讓遠在加州的父母感到震驚。現在事後想起來，當時望月先生見到和ＩＹＯＯ一起出現的新井，他的態度也讓我留下了不可思議的印象……

父親以電光石火的速度為我的去函寫來回音，迄今為止的信件中，從沒有在十天以內收到回信的。在新井第三次教練的游泳訓練之前，父親的信就到了。也正好因為遇見一位到柏克萊大學開會的社會學家準備回國，父親便委託他到達成田機場後，以限時專送寄出。父親的信在一開始還寫得很冷靜，但之後立刻流露出憂慮的心情，讓我也讀得很緊張。讀完之後，我心裡不禁想，既是如此緊急，父親為什麼不直接打電話給我？一開始，父親對游泳一事不也表示了喜悅嗎？

……關於教練的事，沒想到我認識的那位新井會回來，所以就告訴妳和ＩＹＯＯ到那家運動俱樂部去，當初我並未料及他的事，因此當妳告訴我請新井擔任教練一事，我真的吃了一驚。五年前，新井離開俱樂部時，流傳著複雜而曲折的傳聞，關於傳聞的內容，我會直接打國際電話給重藤，告訴他狀況，也拜託他一起到俱樂部去。我之所以不直接告訴妳這件事，小MA呀！實在是因為我不想傷害妳的感情。

我把當時的流言告訴媽媽時，她要我轉告妳，也許是她杞人憂天，但她希望妳即使是在俱樂部接受新井的指導，也都不要在大眾以外的場所和新井碰面，一定要把握住這個原則……。關於教練的禮金，我會寫信給大澤先生，連同你們的俱樂部費用一起給付。

心情沉重地讀著這封信，今後父母對於這件事的發展絕不會往善意的方向去想，坦白說，真教我不知如何是好，而明日的練習也迫在眉梢，正思索著如何是好時，我接到了重藤太太的電話。

「小MA，明天雖然是IYOO的游泳訓練課，不過去之前先到我家來上這一週的作曲課，之後再和重藤先生一起去游泳，妳覺得如何？以前K也向他推薦過這家俱樂部，重藤先生也是會員喲！很久以前，他是很喜歡游泳的，在過境莫斯科到華沙去的時候，他喜歡像俄國人那樣一早起來就跳進冰雪之中的室外溫水游泳池呢！這之前雖然是停權會員，但是打電話到俱樂部詢問，他們說只要付了今年份的設備費就可以恢復會員權利了。重藤先生在捷克溫水浴場穿的泳衣很出色，看起來很像艾斯特．威廉喲!?」

就這樣，作曲課程結束後，重藤先生便和我們一起前往，還幫ＩＹＯＯ換衣服，當他穿著像馬拉松選手的連身運動衫泳衣出現在男子更衣室門口時，我不免噤聲失笑。我相信這件泳衣還很新式的時候，或者穿著的場地不同的話，一定更適合重藤先生，而且看起來確實會很出色。我們到往常新井教練的場地，沒進去烤箱室，直接走過旁邊的走廊，下到游泳池。光著腳用力地踏著階梯的重藤先生的下半身顯得巨大而青筋暴露，與之相較，不論是並肩齊進的哥哥的腳，或是站在正式會員用泳池玻璃窗對面等待著的新井的腳，感覺上都顯得更謙和而靦腆。新井看到ＩＹＯＯ立刻開始做起熱身操，對於我所介紹的重藤先生、甚至我自己，都不甚友善，除了一開始對哥哥露出看得見白色牙齒和粉紅色牙齦的微微一笑外，之後便立即收斂起笑容，做著熱身操，於是我和重藤先生就好像不受到老師重視的小學生一樣，除了站遠一點學習之外，別無他法。

和上週、上上週一樣，在大泳池裡上游泳課的小學生們，把整個室內喧鬧得人聲鼎沸，熱氣蒸騰。跳水用的那個泳池，則有穿著潛水裝的中年婦女沉默地浮在水面上，或靜靜地探入水中移動著手腳。而我們這邊正式會員用的泳池照例空空蕩蕩，新井便在最靠內側的泳道訓練ＩＹＯＯ，重藤先生和我則在隔壁的水道看著他們。除此之外，只有兩、三位成年女性游著，那位肥胖的植木小姐舊式古樸的臉上滿是憂鬱的表情，倚靠在泳道繩索上。

「新井教練的模樣，比我聽到得還要好哩！」被隔開一段距離參觀的重藤先生感嘆地說。他把原本戴著的眼鏡放在泳池邊上，以日本的仰式游了出去，沒戴眼鏡的重藤先生看起來像是位武士，激起的池水沿著他的大耳到顎下流下，隨即折返的重藤先生改以舉臂過肩的自由式游回來。不論是仰式或自由式，重藤先生在水面上都睜開眼睛，我這才了解何以重藤先生對於我所帶來父親的蛙鏡不表興趣。

我開始以自由式游著，重藤先生立刻看出我的實力，似乎能夠保持等距，控制著自由式的速度。就這樣往返三次，雖然能從容地跟著重藤先生的步調，但是我的體力到此也不得不稍作休息了。從泳池裡起來，回頭看了看剛才的泳道，重藤先生已經消失無蹤。才吃了一驚，隨即又看見重藤先生仍是以日本式的動作，右手臂直直地往前伸，手上握著一頂黃色的泳帽，遞給隔壁泳道的植木小姐。她對重藤先生，和對我一樣，露出憂鬱的表情，然而對練習中的ＩＹＯＯ則表示出鼓勵的動作。

現在，ＩＹＯＯ在泳池中，試著要自己一個人游游看。新井在哥哥的耳邊，大聲而仔細地教導著，還不時以動作示範。哥哥剪了短髮的頭包裹在泳帽裡，看起來仍比新井的頭大上許多，哥哥幾度用力地點頭，顯示了他的決心。

接著，ＩＹＯＯ推了新井的肩和腰，浮在水面上，斜斜地用力一划，游了出去。一口氣也沒換，ＩＹＯＯ就這麼游到泳道的末端，困難地回到站立的姿勢，蛙鏡似乎很難拿下，便隔著蛙鏡，急急地尋找新井的蹤跡。新井輕妙地把身體往前投出去，以少見的蝶式游到哥哥的身旁，鼓舞了學生的鬥志。重藤先生和我也用力地鼓掌……

ＩＹＯＯ上養護學校中等部的時候，父親也曾帶他來俱樂部，那次ＩＹＯＯ掉落在以前覆蓋著網子，看起來像升降井的泳池裡。回家後，哥哥做出像是自己惡作劇被發現的老實乖巧模樣，精神也恢復了。倒是父親哭喪著臉，一邊向母親報告事情的經過。哥哥在回家的電車上，安慰著父親說：「我沉下去了，之後就像是游泳一樣，我想我已經可以游了！」

從那時到現在，ＩＹＯＯ果然如和父親所約定的，已經學會游泳了！我想寫在信上，告訴在加州的父親。雖然我並不了解真正的情況，不過父親正遭遇到嚴重的「困境」，甚至讓母親把哥哥留在這兒，和他一同到美國去，陪在他身邊。如果我告訴他哥哥會游泳了，就像在溺水歸途電車上的話一樣，不是可以鼓勵父親嗎……

我把這想法告訴了重藤先生，談話時他甚且一直注視著教導ＩＹＯＯ複習手臂移動方式的新井，重藤先生洞悉了我的動機，回答我說：

「我想妳對於K不直接告訴妳，轉而和我商量的事，感到生氣吧！但是，不要拘泥在這小節上。對於K這種性格的男人，這是最孝順的了。」

走上烤箱室，新井像往常一樣，把練習用的用具放在旁邊，低頭坐著。今天坐在他旁邊的哥哥，也嚴肅地沉默不語。我想這只是因為充分運動後，可能產生的反應吧——對新井而言，這不過是待會兒殺身體式練習前的休息時間。我覺得他們都因自己的目的而來到泳池，我對他們兩人這樣的特質感到自豪，因為這明顯地不同於烤箱室內悠閒的氣氛，特別是當汗水淋漓的望月先生和那位蓄著鬍子、說話樣子一看就像美容院老闆、動作女性化、又惡狠狠的人也在場時。

這時，似乎礙於新井和哥哥的氣氛而一直保持沉默的重藤先生，終於還是開了口：

「IYOO游得很好哩！把新井的批評和指導都聽進去了！在離開泳池之前，又游了十五公尺呢！真下過功夫吧！」

「是，好好地下過功夫！」

「我覺得新井的教練技巧，也一樣是很了不起的。」新井輪廓清晰的眼睛，因池水而變得火紅，又像是脾氣暴躁得冒出火一般，斜斜地抬起眼來看著重藤先生。

「因為ＩＹＯＯ真的能照別人告訴他的去做。」新井這樣回答。「但是之後學換氣就比較難了，一定要更辛苦地去努力……」

「我要更辛苦地去努力！」

「你們已經締結很好的師生關係了！」重藤先生說。「……新井，當初Ｋ幾乎每天來這俱樂部時，你是否常和他聊天？」

「沒有，幾乎沒怎麼說話。」新井這樣回答，但又向我投來探詢的眼光。「我曾問他可否到府上拜訪，但他拒絕了。」

「怎麼會這樣！」因為哥哥惶恐的態度，讓我也無法保持沉默。

「父親雖然喜歡開玩笑，不過個性比較封閉，所以他很少有新朋友……」

「在我們這個年紀，大家對交新朋友都有恐懼感。除非是在自然的狀態下，就像我很自然地認識了小ＭＡ和ＩＹＯＯ。」

新井頷首又順勢低下頭去，他甚至以令人感到粗野之勢，用毛巾拭去上半身綴滿的漂亮汗珠——坦白說擦掉那些汗珠，我覺得很可惜。

游完泳回家的途中，重藤先生請我和ＩＹＯＯ到新宿車站大樓的餐廳吃義大利菜。重藤先生現在從事直接從羅馬尼亞語翻譯默西亞・埃里亞德（Mircea Eliade）信件的工作；因為正譯到年輕的埃里亞德到義大利旅行，所以自己也有點想吃義大利菜。這樣的想法讓我感到有趣。接著，重藤先生以一般日本人不大會表示出來的用心，好好地研究了菜單。哥哥對於精選出來的組合餐，以他作為電視美食節目忠實觀眾的經驗，對每道菜都一一表示恰如其願的讚嘆。重藤先生看著哥哥愉快地用餐，對於哥哥食用義大利麵時，能夠靈巧地使用叉匙也深深吸引了他的目光。度過了作曲、游泳充實的一天，我覺得那種疲倦及滿足感讓哥哥全身鬆弛，使得他的動作顯得如此愉快而優雅……

重藤先生這時毫不裝模作樣直接地把請我和ＩＹＯＯ吃飯的目的說出來。關於新井的過去，以前重藤先生曾聽父親提過。新井還是某私立大學法學院學生時發生過一件意外，至於具體內容，因為有可能是單純的流言，所以目前這階段還不打算告訴我。再加上，我性格上應該也不是那種在好奇心的驅使下就打破砂鍋問到底的人。新井在現實中雖然捲入困厄的事件，但如果我知道了這個事件，重藤先生不認為我對新井的看法會導引往好的方向。因為這事件，也是在加州的父親才會對我和新井走得太近感到憂心。但是，如果我們和新井的關係僅維持在游泳訓練方面，且到游泳池又有重藤先生同行的話，不論是父親或母親，應該就較能釋懷……

嗣後——其實也不是經過很長的時間，算算日子，大概也只有十幾天、或幾十天而已——但因為吃驚於事態轉變之大，且在這些日子裡，對於所發生的事的確有了新的理解，這大概是我所謂嗣後的意思吧！

我說的正是ＩＹＯＯ游泳的事。還是三月早春的時候，哥哥穿了一件海軍藍的背心外套、提著運動背包到俱樂部。這完全是為了小ＯＯ的相機而打扮的。

弟弟大考終於結束了，只有一家大學沒有接受他，於是得了空閒，為了睽違已久的徒步越野競賽預作練習，他準備出發到群馬的山上小屋。在此之前，因為惦記在美國的雙親，所以決定為他們做照相服務，而和我們一起來到俱樂部。因為只是充當一下攝影師，所以我們和大澤先生交涉，免除了入場券，照完泳池中的ＩＹＯＯ之後，便出發旅行了。

這時，ＩＹＯＯ已經學會換氣，能夠游上二十公尺，弟弟在一旁大聲喊著，又一邊抓鏡頭按快門。我自己旁觀著眼前所發生的事，覺得不可思議而銘刻於心。因為太不可思議，所以我甚至不合邏輯地把ＩＹＯＯ想像成——雖然不至於像海豹或海獺——跳到水裡立刻能游得很好那般的陸上哺乳類動物。因為ＩＹＯＯ游得太好了，所以當小ＯＯ離開泳池邊後，在隔壁泳道，一邊以打水練習的方式游著，一邊透過池水看著哥哥游泳的樣子，我竟惶惶不安地衍生出心神不寧的寂寥心情。

在水中看見的哥哥，從肩膀到手臂、胸部都像白種人的皮膚那般白皙，緩慢而正確地划水，拉、推、收回，如新井所教導的方式移動著手臂，往前而去。哥哥扭轉著頭換氣往我這邊看時，他的眼睛——原本戴著蛙鏡，往常那種絕不妥協的態度，不知何時已經放棄了——穩穩地在水中睜開著。狼吞虎嚥般張大的嘴冒出水面，從緊閉的唇拖曳出一條空氣的光鍊，而天花板照明燈光因泳道繩索和池裡的波浪形成一道道的波紋圖案映照在哥哥的身體上、池底的平面上。哥哥像是沉思苦想般地扭轉著他大大的頭，重新折返回來，就像是攀登著泳道繩索和波浪的影子所張掛起來的大網般地游著。

「我可以看著你游泳，看個一百年喲！」我對著上岸休息片刻的哥哥這樣說。

「一百年！太驚人了！」ＩＹＯＯ充分地休息之後，深思熟慮般地回答我。

這一天游泳練習後的烤箱室別無他人，因為常見的幾張老面孔都聚集在會客室商量到伊豆賞花而想要外借俱樂部快艇的事——至於為什麼要避開烤箱室跑到會客室商量，後來便會知道——，所以只剩下我們四人。也許是受到弟弟照相攝影的氣氛影響，我覺得我們比往常更親密。

「啊，這是怎麼回事？」

ＩＹＯＯ膽怯地說，同時眼光停駐在重藤先生背部的內側，戰戰兢兢地以手指著。重藤先生穿著舊式的泳衣，上衣的部分滑落到脅下，因此，大半背部都裸露出來。重藤先生並未冷酷地撣去哥哥的手指，只是把上衣穿回去。然後說：

「動過手術。」很乾脆的說明。

「背部生病了嗎？我想一定很痛吧！」

「正確來說，是食道。但是，說到痛，倒不是很痛。」

ＩＹＯＯ似乎接受了這樣的解釋，但我卻動搖了。想起當時父親接到大學同學的電話，得知重藤先生生病時，我碰巧在餐廳，不過那時我對於父親的這位朋友重藤的印象，不過是精力旺盛地游走於東歐各地，記憶中大概是因為意外事件之類的而動外科手術。後來聽母親提起，父親到醫院去探望療養中的重藤先生，他這五年、十年來，除了致力於東歐文學之外，似乎也傾注全力在作曲上，而每一首曲子總是能在短時間內得見成果。父親說，這預示了某種危險性……。那時的我，多麼地天真無慮！當時我對重藤先生還沒有任何親身的了解。然而，受到重藤先生直接的照顧之後，我仍沒有把重藤先生日思夜想的事和身體器官的重大疾病聯想在一起，這未免也太遲鈍了吧？和烤箱室的熱氣無關，我臉上的皮膚似乎失去了知覺。這時，和自動人偶化正好完全相反，我自己也壓抑不住地開始說些深具情感的話語：

「去年秋天剛結束的時候，我和哥哥一起到父親出生的村子。因為要參加葬禮，還跟重藤先生改了作曲課的時間。那時候，和祖母在同一個房間睡覺，所以聊了不少事。當時有許多事情我聽不明白，但許多話都牽引了我的心……。祖母緩緩地說出她的回憶：父親還是孩提的時候，幾度和死亡遭遇，而他還覺得其實是他自己所招致的。他在性格上並不是能夠勇敢面對現實的人，只不過是不得不面對，這種奇怪的感覺。即使到現在，周遭的人對他這樣的性格仍無法輕忽以待，如果這狀況持續下去，對我的母親和他的子女們來說，實在太可憐了。」說完了這段話，我想重藤先生，甚至新井都會覺得父親為了「困境」而努力，真的是很可憐。

我吐露了自己的心聲，有些部分連自己都感到吃驚，同時也擔心著會不會讓ＩＹＯＯ感到為難。然而，我所說的事儘管支離破碎，卻也都是這陣子以來心裡所想的。想到這兒，不禁緊緊地抿起了嘴，一顆顆汗珠從臉上崩落，與此同時，淚水也開始流了下來。哥哥害怕地問：

「這是怎麼回事兒？小ＭＡ!?」他這麼一叫，重藤先生和新井也以為我的淚水是向他們兩人抗議的表示而顯得有點慌張。

「……非常抱歉，父親專注於自己的『困境』，而將自己該做的事推諉給重藤先生和新井，您們二位為ＩＹＯＯ做了這麼多的事，我實在覺得很過意不去……」

新井像是伸出了猿臂似地，把毛巾遞給我，雖然我被毛巾上汗水的惡臭衝得有些吃驚，但仍把自己擦得像剛出爐的麵包一樣乾。我在如此溫馨的氛圍下，擦乾了淚水，甚至大聲擤鼻涕。

這一天，我們和重藤先生在新宿車站道別，而後轉乘小田急線，回到成城學園前車站，在站前卻遇到一位出乎意料之外的人。瞬間閃入腦海的是，黃昏的車站前人群雜沓，就算很容易看見我們，不過，是從那兒看過來的呢？下了車站的樓梯，右側是照明光亮的超級市場，正面是藥局，如果他是走過行人全方向十字路口[18]可能就看得見我們，但左側是朝向計程車招呼站的暗巷，莫不是站在那兒張望？我們準備買晚餐的菜，所以往超市走去，入口處放滿購物籃，我順手拿起一個，就在這時，一位穿著慢跑鞋的人從後面跑過來，啪！地一聲，用力地打在ＩＹＯＯ的肩膀上。回頭一看，是新井，我雖嚇了一跳，不過還是說：

「真是意外！」一邊這樣說著，才又注意到一向很討厭別人碰觸身體的哥哥，顯得很高興的樣子。

「我以為這時候，你正在拚命練習呢。……怎麼了？」

「今天照了相，IYOO精神特別振奮地游泳，原本在俱樂部前面等你們，想開車送你們……」話說一半就停了的新井，往藥局旁邊的一家酒店走去，店門口廉價的蘇格蘭威士忌堆積如山。新井轉了方向，並做了一個手勢。

這兒原本是禁止停車的，但是車子在外圍不停來回地轉著，以這樣的方式在這兒暫停。一輛骯髒的深綠色保時捷往我們這邊開過來。

「如果要去買東西，十分鐘後再轉回來吧？」新井今天不但行動了而且顯得精神奕奕，我也被煽動得興奮了起來。

如果是平常的我，一定會加以拒絕地說：「從車站到家通常都是走路回去，不用送了。」但是，我卻急急地放下籃子，跟隨著悠緩地從我眼前通過、往停在轉角上的車走去，而走路方式像極黑人籃球選手的新井——和光著腳趾堅實地攀附著游泳池樓梯時走路的姿勢，幾乎判若兩人——，同時又拉著哥哥的手腕往前走，哥哥對超市似乎還戀戀

18 十字路口的交通號誌全部紅燈，行人可自由通行。

不捨。

新井穿著體育系學生常穿的那種繡著徽章圖案的藏青色短上衣，現在的他彷彿脫卸了游泳時的肌肉冑甲，看起來像個清瘦的年輕人，只有頸部露出的部分，從頭部延伸到肩膀的側面線條，仍顯得十分健碩。而駕駛座那邊，雙手放在方向盤上，為了保持巷道的淨空而不住回頭看，質地樸實的中年女子也是個瘦小的人。

新井很快地推倒前座的座椅，並催促著，先是讓ＩＹＯＯ坐進去，跟著我自己也坐進後座，雖然和那女人打了個招呼，卻沒有機會交談。接著，我曖昧不明地對著這女人或對著新井說明著回家的道路，車子一奔馳出去，新井便問哥哥真的不用買什麼東西嗎？

「我想買罐裝咖啡！」哥哥回答。

偶然間經過了一家在簷下放有自動販賣機的店面，新井立刻叫那女人停車。而且不是他自己，反叫開車的女人下車走去販賣機。對於這一切，新井毫不放在心上，很悠閒地問著我們：

「Ｋ先生出門之後，是不是不太有訪客？或者還是和他在的時候一樣？」

「作家Ｙ先生的太太曾經送來點心、醬菜和毛衣！」

「是明年會得文化勳章的那位吧？ＩＹＯＯ認識許多偉大的人哩！」

因為只是送來禮物，就這麼站在玄關的Ｙ太太說：「你們在美國的爸爸，雖然注意到要游泳保持健康，但為什麼不買一輛接送ＩＹＯＯ的車呢？拜託替他買一輛吧！」說話的音量之大，甚至讓我感覺到旁人側目的壓力，隨後便開著賓士車走了。

前面的路像站前的馬路一樣並不特別壅塞，車子很快就到了我家門口，坐在前座的新井驟然下車，我便慌張了起來。於是順口說了千篇一律的老套：

「讓您送回來，真是非常地感謝。因為今天我弟弟外出受訓不回來，不方便請您進去坐，失禮了。」說了這麼一套防衛性的辭令。「ＩＹＯＯ，別慢吞吞地耽誤人家！」

剛才哥哥從那女人手上直接接過兩罐發燙的咖啡，又順手放進裝濕泳衣和泳帽的小袋子裡，連同放樂譜的登山背包一起轉到胸前抱著，新井一邊看著挪蹭著腰的哥哥，以冷淡的口吻說：「如果我不下車，你們就出不來，我沒有勉強要到府上！」接著，又扯上了駕駛座的那個女人，說：

「咖啡要請客嗎？對中學班上的學生倒沒見妳這麼做？真慷慨呀！」

戴著粉紅色框眼鏡，額頭顯得較寬的臉垂低了下去，我把原本就準備好拿在手上的兩個銅板，遞給了這位看起來大概對學生的叛逆手足無措的中學女老師。我們一下車，新井立刻啪地一聲坐進車裡，整個身體往椅背上仰躺，隔著樹籬笆，望了一眼我們的家，連ＩＹＯＯ的招呼都沒回答就走了。

隔了一週，作曲課結束後，在往游泳池的電車上，我讓ＩＹＯＯ坐著，自己則和並排站在ＩＹＯＯ面前的重藤先生，聊起新井開車送我們回家的事。雖然把這事告訴他，但完全沒有搬弄是非的意思。回想起來，我想最終是因為上次才提到父親這樣的性格，自己又表現出封閉的樣子，新井的反應便是對我這種態度的冷嘲熱諷吧。那天，和哥哥單只兩人進入黑暗又空蕩蕩的家，便已經不斷地反芻著那不太愉快的感覺。一方面是因為小ＯＯ外出旅行，心中冷清不安，早早便關緊了門戶。

這件事到這兒就結束了。這天，ＩＹＯＯ不知怎地對於游泳練習特別感到興奮，離開家的時候，我確實將泳褲、帽子、蛙鏡一一放進袋子裡，但是卻把放樂譜的背包給忘了。那時我們已經穿好鞋子站在玄關，留在家裡的小ＯＯ從後面叫著，哥哥彷彿把它視為我不經心的小失敗似地微笑著，咚咚地敲著我的背。弟弟已經把游泳照片洗回來了——模範的泳姿，真難以置信能照出這樣的照片，也寄給在加州的父母，令我想起了烤箱室中自己對於重藤先生的手術傷痕過於情緒化，也許是這特別的事件，使得新井那一日想安慰我們，我卻做出過度防衛的反應。一整個星期，我就只想著這件事。而對於母親的建議（我始終未深究其原因）：不要在大眾以外的場所和新井碰面之事倒未多慮，因為那一天我和ＩＹＯＯ在一起、新井也和那個女人在一起……

我毋寧是反省著自己對新井失禮的態度——雖然心裡也打著如意算盤：如果真的傷害了新井的感情，希望重藤先生能為我調解說項——所以才把這件事和盤道出。重藤先生聽了倒沒有立即的特別反應。大體上，他一聽到我說的事，就把眼光放回——以父親的藏書來說，類似明治小說袖珍本裝訂——波蘭語的詩集上，大概是老花眼的緣故，重藤先生挺直了背，保持一段距離地把書撐在胸前。我不經意地瞥見，從臉頰到喉頭，重藤先生平日褪了色般的皮膚竟鮮艷紅潤了起來……

新井的游泳訓練和往常一樣並沒有改變。努力游泳的ＩＹＯＯ，和以蝶式追隨其後，並細心修正手臂動作及換氣的新井，兩人之間的關係比平日更親密。相對於此，新井形似杏子、彷彿睜大眼似的眼睛，只在開始時往我這兒瞥了一下，說話自是談不上，感覺上他也刻意地迴避我的視線。如果他來理論我上次的態度，我當然無話可說，所以我倒感謝他的漠視。我希望今天游泳練習的時間就這樣度過，下週一切又回復正常，那就最好不過了……

這一天，烤箱室內除了汗流浹背笑嘻嘻的望月先生、看來憂鬱卻不會拒人千里的植木小姐，以及那位照例對他們倆惡狠狠、要求連連的美容院老闆之外，還有一位新面孔，身體看來固然壯碩，但不是健身鍛鍊出來的感覺，而是體力勞動者的類型，以他們幾個人為主，正熱烈地談論著職棒新球員的選拔。新井似乎仍能毫不困難地將自己封閉在肌肉青甲裡。不過休息告一段落，一直沒有開口的重藤先生，終於開口問新井，希望今天留一點時間給他。在殺身體似的練習結束、洗澡和三溫暖之後，大概留一點時間，他會在會客室等他，可以一邊喝販賣機的純麥啤酒、一邊說話……

新井仍是睜著他單眼皮的杏眼，掠過我的臉龐之後，視線回到重藤先生身上並頷了頷首。我一邊催促著似乎還留戀泳池的哥哥步出俱樂部，一邊思索著長久以來都不曾注意到新井眼睛是成人男性少有的形狀，覺得有些不可思議。

隔了一週，重藤太太在玄關為來上課的我們開了門，大概是因為剛從醫院回來，臉色格外沉鬱，表情也十分黯淡。眼鏡的銀框將眼睛隔成兩段，看起來特別大的上眼皮浮現焦褐色的眼圈，平日靈動的瞳眸似乎變得枯萎無力。重藤太太的模樣讓我有了不祥的預感，但是IYOO則仍悠緩地打著招呼，準備脫下鞋子，重藤太太顧慮他，於是小聲地說：

「不要害怕，不過重藤先生的情況有點糟。」

雖然已有事先的警告，但是當坐在長椅上的重藤先生為了迎接我們而彎下腰時，「喔！」的一聲懸在半空中似地，坐下來的那一剎那又一次「喔！」了一聲。

「啊！這是怎麼回事!?嚇了一大跳!?」哥哥慣有的感嘆聲很適合這個場合。

重藤先生的臉腫脹得像風箏一樣僵硬，藥水染黃了的紗布用膠帶各自貼在右頰的上方、額頭，以及頭部前後兩個部位。從露出來的下顎到喉頭部分，有一個巴掌大紅黑色的瘀青。身上則穿著一件裝飾如軍服般質料高級的舊式長袍，不過從胸前到側腹卻奇怪地高聳起來，莫不是因為繃上了石膏？

「最近，我們家每個人都有骨折災難，也許該找人來看看風水了！」重藤太太從玄關那兒發出爽朗的聲音。

「IYOO，我這回真的是傷了肋骨！現在真想好好地聽一聽你寫的〈肋骨〉，你去彈一次吧，現在我的右手還是不動為妙。」

於是哥哥立刻從登山背包內拿出樂譜，並開始努力尋找他的目標，除了是哥哥的單純之外，重藤先生這樣的說法，應該也是費盡心機的陰謀，想安撫既害怕又心痛的哥哥！我流下淚來，只是自動人偶化地站在哥哥身旁。為了應和負傷的重藤先生的要求，拚命反覆唱著樂譜的哥哥似乎並不能有效地達到重藤先生想要的效果。

「找到了嗎？IYOO，真不好意思，你才剛到，不過你能否用音樂室的鋼琴彈給我聽呢？許多部分都調整了速度，而且不斷地反覆。你把門開著，我想讓音樂的聲音減緩我肋骨的疼痛……」

哥哥憂慮而沉重地朝重藤先生一瞥後，便一個人進去音樂室。原來，重藤先生有話想跟我說，又不想讓哥哥聽見，隨即我便了解他的顧慮是正確的。當我聽到這些話時，甚至想躲到正在彈著〈肋骨〉的哥哥背後去。重藤先生的災難比我剛才反射性的不祥預感更糟糕。

那一日，重藤先生在會客室喝純麥啤酒，等了將近兩小時——他承認那時他確實喝醉了，但是他相信新井姍姍來遲，是策略性的結果。重藤太太在一旁補充地說：「這也是後來沒有報警的原因之一。」短髮抹油，用梳子往後梳得整齊光亮，但因為殺身體似的消耗練習，臉頰消瘦蒼白的新井，冷淡地拒絕與重藤先生同坐滿是啤酒空罐桌上的邀請。大體上，是以在競技大賽的訓練期間，不喝酒精飲料為理由。相反地，新井提議不如到安靜一點的地方，例如俱樂部大樓的停車場，重藤先生便跟著他去了。

從俱樂部的會客室到停車場，新井幾乎變了個人似地很愛說話，而且和烤箱室裡禁慾的沉默寡言的新井完全相反，態度十分不莊重而顯得輕薄。「像是他提起小MA做的夢。」重藤先生說。我不但陷入自動人偶化也變得面紅耳赤。「那是新井在游泳池裡，一點一滴從IYOO那兒問出來的，又說小MA夢見自己帶著IYOO嫁給他……」

的確，這是我前不久夢見「未來的IYOO」是伴娘站在我身旁的許多夢的變奏之一：新井為我準備的新居是國民住宅的2DK，地下室則附有三個泳道二十公尺細長形的泳池，好像是我們房間專用似的，不過植木小姐也來練習。哥哥在新井的教練下，來回折返地游了好幾圈，而我卻穿著和場地十分不相合的新娘嫁紗，抱著一束凋萎的花朵，不知所措地站在濕漉漉的泳池旁邊。我把這夢境告訴IYOO，原是把焦點集中在哥哥勇猛的泳技上。

重藤先生交雜著暗示地說出這個夢，似乎是表明和新井的談話過程中，這是導致重藤先生發怒的決定性原因。如果用重藤太太在一旁補充的評語來說的話，便和重藤先生在華沙機場只用一句話就申斥了濫用政府官員特權的波蘭人一樣，萬不得已的大和魂此時也在心中高高地聳立了起來。像重藤先生這樣國際化的知識分子，在這個國家是很稀有的……

到停車場去的重藤先生和新井之間的「激辯」，我以痛苦的心情把它記錄在「家庭日記」中。不過，為了公平起見，必須事先說明，挑撥的人固然是新井，但氣沖沖先尋釁的人卻是重藤先生：

「你花言巧語地哄騙ＩＹＯＯ說出小ＭＡ做夢的內容，又別有深意地故意轉述給第三人知道，這樣的行徑，豈不是太卑劣了嗎？」

「任意歪曲膨脹地想像自己（這裡用的是主格的表現方式，以前ＩＹＯＯ對於新井提到自己的事時，不用「我」而用「自己」的說法，總覺得感到有趣）的人，毋寧是Ｋ先生和小ＭＡ父女倆吧！自己才覺得很受困擾呢！」

「你把一位害羞女孩如此純潔的夢，解釋成任意地歪曲膨脹？……Ｋ確實從你的遊艇事件得到靈感，而寫成小說。但是，第一，你收了錢才把自己的筆記給Ｋ。Ｋ在文章中分析了你的內心及行為，你不也曾說過，你自己也不大明白嗎？第二，Ｋ非常有意識地錯開了以遊艇為背景的設定。如果年輕的主人翁確實犯罪的話，他也會把這樣的事寫進去喔！但是，文章的焦點是放在為了拯救可能陷入犯罪困境的年輕人，而犧牲自己的中年男子。Ｋ讓故事發展成假定犯罪的惡行已經做下，這個中年男子仍以自我犧牲為代價，了解他一番苦心的年輕人應該因此得以重生。正如你所委託Ｋ的，他為你分析了內在的想法及行為。

「第一，自己已經把錢還給Ｋ先生；第二，從一開始就沒有什麼犯罪的事。現在，俱樂部那些傢伙避開我悄悄地計劃到伊豆搭遊艇出海，不就是因為Ｋ先生把一件單純的意外事故揑造成性犯罪的緣故嗎？這造成我很大的困擾呀！」

「你之所以把錢還給Ｋ，是因為你從死於遊艇的女孩那得到保險金，在Ｋ的小說之前，很多雜誌就繪聲繪影地大幅報導這個事件，那時候，你去控告那些雜誌社或Ｋ誹謗名譽，不是很好嗎？事實上，你把那些審判黑函或討厭的賀年卡都轉給Ｋ看了吧？我認為，你最初提供筆記給Ｋ寫小說，也正好是那起意外事件被告上法庭，所以你希望藉由好心的Ｋ替你做義務辯護。最後罪證不足官司不能成立，保險金又到手，那以後你才不會提出誹謗告訴呢！反而是希望大家趕快把這事件給忘了。不過，對於以上的這些揣測，我並沒有興趣。只有一件事是我今天找你談話的原因，你擔任ＩＹＯＯ的游泳教練固然可以，但是我希望你不要介入小ＭＡ他們的私生活。你在成城學園前車站伺伏，甚至跟著到他家去，究竟有何企圖？」

這個問題也許欠缺修辭學上的考量，取代回答的是，新井突然出手毆打重藤先生，而且是徹底的痛毆。肋骨之所以斷了三根，主要是因為那樣的毆擊，又反覆地踢打他。對於新井以虐殺弱犬為樂的那種態度，且是周到地徹底完成的態度，重藤先生認為除了解讀為犯罪者質素之外，別無詮釋。當然，這件事的發生，儘管超過了K的委託，但自己更進一步，警告新井不要接近小MA兩人，重藤先生自認是正當的態度……

重藤太太並不情緒化地對待這位毆傷丈夫的年輕人，她說：就報紙上所讀到關於五年前發生在遊艇上的事，是不幸的意外事故，因為當局也做了這樣的結論。只靠心理上的根據，並不能申斥新井就是犯罪者。當重藤太太說到只靠心理上的根據時，重藤先生挺著聳起的胸廓不停地做出向前突出的動作示威著，意思是也有物理上、肉體上的根據，最後卻不小心又發出「喔！」的一聲。

當我聽著這些事的長時間裡，IYOO仍是為了重藤先生受傷的肉體持續地演奏著〈肋骨〉，重藤先生大概是覺得可憐，用著我現在才注意到的老人身段站起來，走向音樂室。接著，從背後把門關上，隨後琴音彷彿變得非常遙遠，裡面似乎開始進行私人教學的樣子。

我看著重藤太太從通信社朋友那兒得來的新聞報導的影印本。這些報導與其說是與新井相關，不如說是以一位五十歲名叫黑川的高中老師，和一位三十五歲叫做須崎的旅行社女職員，兩人搭乘遊艇出遊於伊豆和大島之間的意外事故為主，間或加上關於新井的報導。黑川、須崎在晚間行蹤不明，兩人的遺體被漁船打撈上岸。黑川先生雖然是溺斃，但依判斷須崎小姐則是被扼死之後，被投入海中。新井出庭作證時說，那個晚上，他並未值班，一直在下面的船室睡覺，等到黎明時分，他才注意到遊艇的夥伴不見了……

雜誌上的報導強調，須崎將新井填寫為巨額保險金的受益人。黑川先生、須崎小姐和新井在運動俱樂部認識，三個人經常一起出海、滑雪等。最近，須崎小姐和新井私下有了婚約，年紀較長又有高收入的須崎小姐，經常扮演著還未從學校畢業的新井的保護者角色，加入保險也是對這方面業務工作知之甚詳的須崎小姐所提議的。但是，黑川先生和須崎小姐原本就有肉體關係，新井也是知道的。再者，從周遭人的眼光來看，三個人之間似乎有著某種特別的親和力。據說須崎小姐想斷絕和黑川先生之間的關係，為了攤牌才有那次的出海，但據判斷黑川先生想強迫須崎小姐繼續這樣的關係，最後甚至勒斃她，強迫殉情……對於警方做出這樣的結論，黑川先生的遺孀提出抗議，再加上保險金的問題，才讓這件事變成醜聞……

「K在小說中所描寫的，僅限於新井的內心，是以他的筆記為基調所寫成的。一開始主要也是因為受到新井的委託才動筆，但是從海上的遊艇到環狀線周邊的兒童遊樂場等具體的細節都有所變更，甚至連暗夜中女性被殺的場面都寫了。是以K慣有的魔幻寫實的手法……，我想妳也不用去讀。

「K實際上是以不可能的形式作為設定——我想他為了不要將注意力又引回對現實發生事件的關切，小說的故事內容是以一位年輕人的性的問題為經緯，殺了故事中的女主角之後，爛醉如泥的五十歲男子又介入其中，重新又有一番暴行，最後也負起殺人罪的責任，整個故事則是以自殺為結局：他在附近屋頂的鴿舍上吊自殺，這似乎也是只有在電影裡才出現的鏡頭吧！再者，K對這位五十歲男子的內心也做了詮釋：以犧牲自己的生命，在污辱中破壞自己和自己身體的方式，去救助陷入沒有回頭路的困境中的青年……。因為從酩酊大醉的男子口中說出了那樣不可思議的決心：『好！就讓這個受困於沒有出口、悔恨懊惱中的青年，體驗一下只有我自己才能讓他領受到的恩寵吧！他犯下的殺人罪，對他而言就像消帳似地，讓我代行神的責任吧！』

「牽強附會地說，似乎可以說是耶穌基督釘十字架的奇怪的翻版？這毋寧是K本身，讓故事演變成犧牲這位五十歲男子，這種不可思議的欲求吧？然而，在現實生活中，……雖然這似乎是K不得已的兩難選擇，但是說到犧牲自己，還是比較傾向於他人為自己犧牲吧！說起來重藤先生被毆打，不也起因於K的委託嗎？此外，犧牲了小MA照顧IYOO，自己則要OYUU隨著照顧，緊急避難地跑到加州去……」

「我沒感覺特別犧牲什麼的。」

「是嗎?小MA妳真是個有信念的人哪!」重藤太太對於我強硬的回答雖然有些憂慮,但仍是接受了。「K在遇到現在的『困境』之前,也曾以游泳來發洩精力,當作心理治療,因為很坦白地表露那時候的心情,小MA只讀一讀小說的這個部分也沒什麼不好……」

在IYOO作曲課結束之前,我讀了重藤太太借給我的父親的小說,不僅是讀了劃紅線的部分,也讀了些無法完全理解的部分,便把它寫在經常隨身帶著的塞林用的卡片上,再夾進「家庭日記」中。

當我還是孩提時分,事後想起來,父親在臨終前曾經跟我說過:「千萬不該讓別人為了你,而拋棄自己的生命,我想也不會有這樣的事。你經常被很多人溺愛奉承說是個聰明的孩子,即使有人真的這樣告訴你:你的生命比他人的生命更有價值,你也千萬不能這麼相信。這是人類最根本的墮落惡源。你雖然說自己不會做這樣的事,但是早已被寵壞的人,不只是小孩,就算大人甚至也會深信犧牲別人是理所當然的事。」

父親的話,像預言般感染了我童幼的心靈,當時說的雖是未來之事,但我自己卻也不能說不具有那樣的性格，這讓我對自己感到難以喘息的不滿。事實上，迄今為止的生活，也就是從孩提時的自己所見到未來的種種，發現父親的話是對的，雖然自覺到那種人類最根本的墮落惡源的可恥，但這是現在的我心情鬱悶到必須在泳池裡自我治療的因素之一。對那男人、這女人而言，他們的生命比起我自己的生命，價值較低，自己不就像是希望他們為了我的生命而犧牲？事情並不關乎對生命的爭論，或是日常性的某項選擇，而是我心中逐漸地累積了巨大的羞恥心……

這一天，重藤先生家的課程結束之後，原打算在新宿搭小田急線直接回家。但是ＩＹＯＯ很快地通過往國鐵的剪票口，往快速的中央線月台跑過去。

「啊！等一下！今天不去游泳池喲！重藤先生沒有一起來呀！」

「他肋骨受傷非常嚴重，不能游泳。可是我很想游泳！」

對於ＩＹＯＯ如此斷然的回答，不容我分辨地只好也到俱樂部去，而我心底原本也認為沒什麼吧！俱樂部裡的會員理應目擊了在停車場致使重藤先生受傷的暴力攻擊事件，儘管被害人未報警處理——這讓我理解到那位為了犯錯的年輕人而願意自我犧牲的五十歲男子，那種不可思議類型的人，消息大概也都傳遍了。新井難道不會將此壓抑住而像平常一樣來練習？過去雜誌上的醜聞他都能應付過去了。若是如此，我並不擔心新井的心理，現在ＩＹＯＯ以自己學會的技巧往返於泳池，我站在這兒，唯一掛慮的，是癲癇的發作而已。

我和ＩＹＯＯ打開會員專用泳池的玻璃門，往階梯連接泳池邊的通道走下去，在經常用來做熱身操的較寬敞場地上，如往常像女子般輕啟著唇，露出白色牙齒和粉紅色牙齦的新井，高舉手臂，大動作地向哥哥打招呼。不僅如此，他還穿著設計新穎奇特、紅綠相間的新泳褲，大步跨出步伐，親切地拉著哥哥的手臂，只對我輕輕一瞥後，便把哥哥帶走了……

我除了做熱身操之外，也莫可奈何。原本和我配合一起做手腳運動的重藤先生今天不在，正傷腦筋的時候，看見植木小姐在泳池對面慢慢做著體操，因此我走到她的身邊，因為體重比在水裡更重，植木小姐似乎大費周章地移動著身體，她憂鬱但親切地看著我，隨即點點頭。體操後，植木小姐和我一起下到泳池，隔著一條泳道，只有ＩＹＯＯ和新井在那兒游著。彷彿是受到靜靜的池底映照泳道繩索網狀圖案的引誘，殘句碎片地想起重藤太太要我讀完的父親的文章：「就讓這個受困於沒有出口、悔恨懊惱中的青年……就像消帳似地……」在對面大聲而熱切地呼喝著的兩人，哥哥和新井，像是兩個浮在水面上，看不見的大橡皮擦，努力地要把停車場的事消帳似地，一筆抹去。

那時，我忽而想起重藤先生背後的傷痕，回憶起重藤先生判斷可能是癌症而決定動食道手術的決心。新井竟拳打腳踢一個有著這樣身心的人，甚至到打斷肋骨的程度，我不得不重新評估這冷酷無情的新井。

我的小圓頭像是要向兩極撕裂似的脹熱起來，他媽的！他媽的！兩腳拚命拍打著，繼續地向前游，但究竟為何而發，咒罵著他媽的！他媽的！自己也不明白。看著新井和IYOO從泳池上岸，我遲一步地到對面的水龍頭沖洗眼睛和漱口，登上往烤箱室的樓梯時，因為比平日的三十分鐘多游了兩、三倍，所以身體非常地疲累，從頭到身體內部都垂喪無力。

烤箱室裡的新井一如往常，與泳池快活運動的表情判若兩樣。悶在自己的肌肉胄甲裡，不怎麼流汗，只是一味低垂著頭。今天重藤先生不在，哥哥也奇怪地俯首休息。也許我自己也是如此，無精打采地看著自己蒼白如棍，無甚出奇的雙腿。常見的幾個人陸續地聚集在這兒，但烤箱室裡的氛圍卻一反常態。那位爽朗、溫和，有著工匠面容、體型的望月先生，今天卻是嚴肅的憂鬱面孔，紅鼻子的四周埋在汗珠子裡，只是沉默地凝視中央的熱源裝置。留著鬍髭、用詞女性化的美容院老闆，他的太陽穴附近顯露隨時會被激怒的表情，那模樣就像經常可以在近代文學課堂中所看見描述文明開化的錦繪上的青年檢察官。比我們稍遲結束練習、以摩擦著兩腿，彎著背，頭部向前伸探的走路姿勢，往烤箱室上層走去的植木小姐——據說較高的地方，可以提高發汗效果——，對誰原就不特別熱絡，覺得只有她沒對新井做出差別態度……

其他人都擺出對新井批判性的示威態度，對於未記取教訓還和他在一起的我，似乎也做出種種的警告姿態。但是，被望月先生他們這種笨拙生硬態度壓迫的我，一方面似乎聽見IYOO說：「沒辦法的，小MA。」另一方面，在心中開始反抗地說：「他媽的！他媽的！」的確，新井的暴力行為固然很過分，但是有些時候不也有可能因為惱羞成怒，過度爆發而演變成暴力行為嗎？沒有人能夠理解如此痛苦掙扎的我，卻又無法放聲哭泣！重藤太太也曾說，雖然對方打傷了自己的先生，不過聽說新井如今和在遊艇意外中喪生的黑川先生的遺孀，一位中學老師生活在一起。也許他便是以這樣的方式，盡己所能地補償她……

這時，哥哥誠惶誠恐地緊收他肥胖的肩膀，新井附在他的耳邊，悄悄地說著外人難以揣測卻顯然很快樂的事。接著，在我——就坐在轉角邊上的位置——的面前，併攏了像是帶骨火腿的雙腿——無視於同室夥伴的抗議，特別是望月先生充滿非難的沉默像一陣陣熱浪襲來——，以他那雙杏眼，直直地勾著我，說：

「這裡瞎起鬨的人太煩了！到自己的公寓，計劃一下ＩＹＯＯ今後的訓練課程吧！ＩＹＯＯ很感興趣喲！因為重藤先生無論如何都要把自己和ＩＹＯＯ分開的樣子，自己是無所謂，不過公平地說，ＩＹＯＯ練習到現在進步很快，如果中途放棄就很可惜了。所以，不管以後是ＩＹＯＯ一個人練習，或者小ＭＡ一起讀也可以，我會借他一本《游泳教材》……」

一看見我從更衣室出來，準備妥當等在那兒的哥哥和新井很快便往二樓俱樂部櫃檯的方向走下去。隔著儲物櫃，會員出入口的那扇自動門再過去，就是大澤先生的辦公室，大澤先生在辦公室裡做出似乎是找我的動作，但哥哥不像平日多禮的態度，我也只好匆匆地跟了出去。

天晚了，開始下起小雨。從我們自己的背包裡拿出折傘，但新井只是把外套的領子豎起來，對下雨顯得一點也不在乎。穿著慢跑鞋，腳底似乎可以生出彈力的新井一直在前面帶路。我和ＩＹＯＯ從平常回家的路直角轉進俱樂部旁邊的巷子。一邊是幼稚園和高級住宅區，雖然照明燈亮了，但另外一邊則是從戰前就建造的社區，以一道高高的水泥牆圍起來，雖然太陽還未完全下山，大概是下雨的緣故，空曠地不見一個人影。我們走過了看板標示的俱樂部單車停車場，又繼續地往前走。

「停車場還很遠嗎？」當我這樣一問，新井就從自己豎起衣領喉頭的部位，像貓頭鷹的動作般，回過頭來說：

「公寓一會兒就到，要搭車去嗎？」他以稍稍嗤之以鼻的語調回答，隨後又快步地向前走去。

為了追上新井，ＩＹＯＯ跨大了步伐，仍很沉穩地和他並肩而行，我則急急地追趕，如果車子沒停在俱樂部的停車場，那麼新井一開始就要求重藤先生到停車場，又痛毆他，是早有預謀？從心底冒出一絲冷意，感到恐懼及嫌惡，光是想到這一點就讓我心痛不已。儘管如此，我卻無法開口說要折回，我們在似乎越來越高的水泥圍牆和杳無人跡的建築物之間的小路，繼續走著。到了盡頭右轉，便轉為下坡路，凝固了碎石子、黑黝黝的、厚度很高的路面，不斷地傾斜而下，儘管風格看來古色古香，卻令人深受威脅。自我有生以來，還從未走過這樣的小徑。整條路面狹窄到雨傘打架的程度，我必須往哥哥身邊靠近才過得去。

經過一段段令人感到奇怪的長階梯，在斜坡道的右側，有一高級住家後院的花圃全被填平，改建成車庫，黑暗中看見兩輛車停在那兒，其中一輛就是我看過的保時捷。新井一腳便踏進旁邊更狹小的通道，接著是一段陡坡向上，對面是一幢像是公共設施的建築物，圍繞著山毛櫸、櫸樹，隔著高聳的水泥牆，這一邊狹長腹地的三樓建築物，就是新井的公寓。

就像船艙連接船室的羊腸小道一般，爬上外圍高度及胸的樓梯之後，二樓有兩間並排的住家，新井以身體動作表示兩間都是自己所有，拿著兩家的鑰匙開門給我們看。眼前的門牌上寫著「黑川」，他則招手要我和ＩＹＯＯ進入掛著「新井」門牌的房間。感覺上，黑川太太應該在家，我雖然強化了心裡的防禦態度，但卻無法回頭，除了ＩＹＯＯ高高興興地進房間之外，我這一整天的思緒、態度也都混亂不堪。以下是我進入新井房間之後全部的記憶。事實上，我的焦躁、膽怯，甚至自動人偶化，使我站在那兒動彈不得的舉止，其實非常地不自然……

毋寧是這一點，使新井的行為逐步加劇而變得不可收拾。也許我並不及重藤太太那樣能夠徹底持平地去談論，但我也想儘量不對新井過分地不公平，把房間裡發生的事不涉入感情地，並簡要地寫出來。這之後，我幾次反覆思量，或許是之前擔心害怕的神情顯露了自己先入為主的成見，使得新井在自己公寓裡的態度刻意誇張到過分露骨的程度，他如此赤裸裸，又具攻擊性，其實以前也早有端倪，或許半認真，或許半開玩笑，我不清楚，因此，或說正因為如此，才會出現後來如此的態度。另一方面，他也無法把那樣踰越常軌的事說成是正當的行為，但他事後堅稱一切都只是遊戲，也可以說是刻意為自己脫罪……

新井的房間就像一般男孩子的房間一樣，新型的音響組合、電視及電視遊樂器並列著，大床旁邊的架上重疊著CD、錄影帶，牆上像拼貼畫似地大量貼著色彩鮮艷的海報、新井水中泳姿的照片。書的話，只有新科學、新宗教、幻覺藝術封面的書，以及游泳技巧、運動理論的教科書，和雜誌混雜橫陳著。和我們自己在父親的書中涵泳的生活感覺完全不同。IYOO立刻趨近CD架上查看。然後說：「搖滾和新音樂，我都不在行……」非常客氣卻又忍不住流露困惑和失望的表情。

因此，新井說如果是古典音樂，對面房間有很多，於是他打開一扇大不鏽鋼門，帶哥哥進去內部相連的黑川太太的生活區。那一邊立刻流洩出布拉姆斯交響曲第一號的優美樂音，「福特萬格勒指揮的嗎？哇！」聽見哥哥發出喜悅的讚嘆聲。一個人回到這兒來的新井咚地一聲坐到床上去，態度立刻變得非常傲慢，還要我到他的身邊去。因為我害怕一旦變得自動人偶化，連抵抗都沒有辦法，拚命強打起精神，而新井沒完沒了地說出令人難以置信的話來……

以下是新井說的話：「如果想實現和ＩＹＯＯ一起嫁過來的夢，馬上搬過來也可以。ＩＹＯＯ可以睡在黑川太太的房間……雖然妳裝做一本正經的公主模樣，但是從大腿後面看妳游蛙式，早看得一清二楚了……如果是您的願望，現在為您幹一下也可以，不過ＩＹＯＯ正靜靜地聽著音樂，小ＭＡ如果發出快感的呻吟，就太打擾他了，為了表示我們的新關係，只要讓我看看覆蓋在泳衣底下的部分就可以了……其實穿著泳衣也稍微可以知道，胸部是還及格，不過想看看下腹部……

「Ｋ先生也寫過，自己剝露出女性的下腹部，把腳往屁股的兩側綁成Ｍ字型，使＊＊[19]露出來。那個人可以任意憑他自己喜歡的想像，讓自己蒙受污名……現在我就以Ｋ先生的女兒當作實驗品，試試看那究竟是怎樣的姿勢不也很有意思嗎……」

我朝著隔壁大叫，ＩＹＯＯ似乎機敏地立刻站了起來，只聽見門喀擦喀擦地響，原來新井已經預先鎖上了門。我跳起來，正要往那邊跑，新井立刻從背後像機械似地鉗住我的兩手，在我頭的後面咯咯笑著，就這樣站立良久才鬆開我，接著又往後一拉，把我拋到床上。仰面倒下的我將臉埋在兩手之間，卻又從正面把我的手往兩邊壓開，潮紅而光滑的臉上交雜著激憤與滑稽的表情，一對杏眼往下梭巡……

就在我完全無力反抗的時候，一下子又重獲自由，茫然地站在床邊。ＩＹＯＯ一身的蠻勁兒，就像遇見吠犬時發怒的樣子，兩手緊壓著新井頸動脈的部位，就這樣打翻滾落在床鋪和沙發之間……原來哥哥從黑川太太房間的正門出來，走過通道，往這邊的玄關進來。恍然間了解了這一切，我連鞋也沒穿，連忙奪門而出……

原打算從來時路跑回去，卻跑到了反方向，其中一邊是婦女會館和老人福利會館，朝著那腹地跑去想要求救，無奈路上不見行人蹤影，連點上燈的民家也無一戶。呼呼地喘息急促，我又跑向那段不斷爬升混合著碎石和水泥的結實坡路，卻不慎跌倒，就像以前遇見色狼的那個小女孩一樣，用膝蓋爬行著，也嗚嗚地哭泣了起來。當我終於站起來要跨出去的那一剎那，我忽地想到哥哥落在新井手裡，他可能會踢斷哥哥的肋骨，而我自己就這麼逃了出來。ＩＹＯＯ被父母親拋棄，現在又被我拋棄，雖是真的成了「棄子」，卻勇敢地救了我，想到這兒不禁又放聲大哭……

終於，沿著這條路走了出去，我膝蓋流著血，又裸足，下著小雨也沒撐傘的我，不顧旁人訝異狐疑的目光，往俱樂部的方向走回去，心情急促而混亂，只想趕快找到大澤先生去救哥哥出來。但是在俱樂部前面，剛才我們迂迴前行走過的小路，我看見

19　指女性生殖器，作者故意不明白寫出，但讀者推敲文意可知。

ＩＹＯＯ和尾隨其後手裡還拿著我遺留下的東西和雨傘的新井，朝我這兒走過來。我害怕得停佇不動，新井認出我來，便把東西交給哥哥，以慢跑的姿勢跑開了。

我向ＩＹＯＯ趨近，透過細雨的昏暗，ＩＹＯＯ終於看見我而急急地跑了過來，告訴我：「沒關係吧？小ＭＡ！我戰鬥了！」聲音沉穩平靜。

翌日，我發高燒無法下床，雖然心裡很掛念，卻無法提筆寫信給母親。我躺在床上的期間，家事自不待言，各種必要的工作都由小ＯＯ主動去做，包括他自己大學入學考試的放榜、接送ＩＹＯＯ到福利工作中心等。準備妥當讓我睡下之後，小ＯＯ把鑰匙掛在玄關才出門，不久後聽到他回來，隨即在廚房乒乒乓乓地準備晚餐，最後才在房間露臉，說：「姊姊，謝謝妳的幫助。託妳的福，我的考試通過了。」和小學通過入學考時，澄澈如銀鈴般的語調似像非像，他以大人的聲音說話，卻像是在模仿以前的自己。

考慮到時差問題，小ＯＯ接哥哥回家之後，才打國際電話給加州的爸媽，這時我即使可以起床走到起居室，卻也可能因情緒不穩定而淚聲連連，所以他打算替我打這通電話。ＩＹＯＯ就坐在小ＯＯ電話旁邊，等他大體上報告過考試合格的事之後，就把電話接過來，說：

「小ＭＡ發生大事了，不過我也為她而戰！」

因此，母親再一次把小ＯＯ叫回電話上，他以憤怒的聲音，把我簡略告訴他這件事的始末，無情而正確地告訴母親。他還說，在聽我說過之後，大體上也和重藤先生聯絡，參考了他的意見之後，便打電話到俱樂部，和大澤先生談了一談。大澤先生好像會考慮禁止新井進出俱樂部的決定。目前，ＩＹＯＯ雖然暫停游泳，不過我想，用身體記住的就不會忘記，只要一下水就必定會游泳，沒有問題。小ＭＡ頭痛在睡覺，不過高燒似乎退了。我想，很快就可以恢復她所喜歡的靜靜的生活了。總之，這裡的一切，您們不用擔心……

然而，電話那端受驚的母親，在那個週末就回國來了。將近半年加州的生活，母親肌膚的質感、行動似乎都略顯老態，我真被嚇了一跳。此外，母親固然是因為父親的「困境」而決定一同前往加州，但是她說自己能做的都盡力去做了，對於父親的事——雖說不至於很冷淡——但態度上保持相當的距離。去年底，在ＵＣ柏克萊分校友人的努力下，接受了傑出貢獻獎（Distinguished Service Award）。倒也不是因為這事，不過他也真心期盼國際交流基金會的援助，所以有可能會在加州大學的某校園再停留一年。母親歸國的前後，日本雜誌社的特約攝影寄來幾幀攝影照片：大學校園內，父親穿著黑色衣領和袖口附有裝飾的雨衣，站在加州槲樹的樹蔭下，兩掌遮著耳鬢，閉起雙目；又或者斜斜地憑靠在像極了象腿的橡樹上，凝視著鼻尖前，彷彿變大了的勿忘草……

「他這人，在相機前也能有這等演技嗎？」小ＯＯ似乎感到佩服，我也有同感。

「與其說是演技，不如說是被照成這個樣子，也許是反映了攝影家眼中的他？這陣子他在宿舍裡也經常是這樣的表情，甚至連續幾天沉默不語。最近，不也都沒寫信給小ＭＡ了嗎？雖然對游泳的事，像是覺悟了似地運動著，但也不持久。不過，現在好像又發現了新的目標讓他心無旁騖地讀著……因為有幾個房間，他總是不分晝夜地在自己的臥室裡讀書，好像忘了我也和他一起來似地，有時也會自己一個人做飯吃喲！」

「有那麼多槲樹，適合的枝枒也到處都有，沒關係吧？」小ＯＯ從我這兒聽過轉述重藤先生提到關於父親的事，雖然有點猶豫，但仍問出口。

「我想那沒關係吧……基本上，那層疑慮已經消除了之後，我才回來。和我們同一個校園中，他認識了一位很傑出的老師，現在熱衷於每週一日，一次四小時的私人授課，專心致力於課程的準備與複習，雖然有時候仍會出神發呆。」

「那位老師，是一位神父嗎？」

「為什麼？……是研究布萊克的專家。現在，爸爸正在讀摩寫版的預言詩，特別是

《四瑣珥》（Four Zoar）。雖然那麼長時間以來讀著布萊克，但預言詩究竟要如何重寫，這麼重要的問題，似乎不是獨立治學就可以完成的。他嘟噥地反省說，之所以不了解布萊克如此重要的重生意象，都是半途而廢的緣故。

「我在他身邊，對於閱讀布萊克也沒有幫助，也是這個原因使我準備回國，日本這邊大家的生活也是非常重要的……爸爸遇見我們之前（母親用了多少有點不可思議的措詞），從十四、五歲開始，就一直是一個人租房子住，所以能超越成長過程中偶發的『困境』。最後，我終於體會到，他只能這樣和自己的『困境』相處。總之，像這樣以他自己的做法，如果真能夠超越的話，我想也只能從布萊克中學習了……」

原本母親就未放棄要父親重新打開回到我們這邊的通路，也許有人會說：「對夫婦來說，不是理所當然的嗎？」不過，有時我會想，像母親這樣性格的人也努力了半年，和父親過著兩人的生活，如果從這一點來思考的話，不論結果怎樣，那不是證明此路不通嗎？母親回國後十幾天的某個早晨，告訴我她已經讀完從我這借去的「家庭日記」。我在她的身旁看著她化妝，讚嘆她的肌膚恢復了昔日的光采，而她卻出其不意地對我說：「和車站前的櫻花蓓蕾一起寄去吧！」她勸我：「把家庭日記寄給在加州的父親如何？」

「這日記上，原本是關於ＩＹＯＯ的事，也有小ＯＯ、和小ＭＡ自己的事……沒想到也寫著我的事，這樣看來，內容上是大家共同的生活。如果爸爸讀了它，或許會忽而想起來自己原來也有家人。用他個人獨特、認真的但算是權宜之計的方法……當他最後終於划出『困境』的荒海，也許會為自己一個人出神發呆、過度拘泥於自己的事感到羞愧。……前陣子，祖母的信上寫道，爸爸在森林裡遇見顯靈之後，突然就想不起自己的名字，有些小孩覺得有趣，就把這拿來當遊戲的材料：『喂！說出名字來！』讀『家庭日記』的時候，或許會重新記憶起家人真正的名字。」

因為我沒想到原本是在我們自己現實生活的「困境」中所寫下「家庭日記」，母親會這樣活用——儘管我原就打算持平地記錄，但是要讓父親閱讀仍讓我感到不安，心情上想要拒絕的同時，胸中又照例地響起他媽的！他媽的！甚至就這樣開始動手找起包裝的材料了。這時，母親又再一次給我建議：

「小ＭＡ，我總覺得『家庭日記』這名字絲毫不討人喜歡，不如想一個和你們這六、七個月生活相稱的名字？」

「我的這個小圓頭，不具備這種才能……對了！ＩＹＯＯ，你是取名字的專家，替我想一個吧？」

　　哥哥躺在起居室的墊子上，彷彿完全不覺得這段期間母親並不在家似地態度沉穩安定，在五線譜上填入音符，花了一些時間，他才悠緩地說：「『靜靜的生活』如何？這正是我們的生活！」

大師名作坊 185

# 靜靜的生活

作　者—大江健三郎
譯　者—張秀琪
編　輯—張瑋庭
美術設計—Bianco Tsai
內頁排版—極翔企業有限公司
副總編輯—嘉世強
董事長—趙政岷
出版者—時報文化出版企業股份有限公司
108019臺北市和平西路三段二四〇號三樓
發行專線—（〇二）二三〇六六八四二
讀者服務專線—〇八〇〇二三一七〇五・（〇二）二三〇四七一〇三
讀者服務傳真—（〇二）二三〇四六八五八
郵撥—一九三四四七二四時報文化出版公司
信箱—（一〇八九九）臺北華江橋郵局第九九信箱
時報悅讀網—http://www.readingtimes.com.tw
電子郵件信箱—liter@readingtimes.com.tw
法律顧問—理律法律事務所　陳長文律師、李念祖律師
印　刷—勁達印刷有限公司
初版一刷—一九九九年八月十日
二版一刷—二〇二二年一月十四日
定　價—新臺幣三二〇元
（缺頁或破損的書，請寄回更換）

時報文化出版公司成立於一九七五年，
並於一九九九年股票上櫃公開發行，於二〇〇八年脫離中時集團非屬旺中，
以「尊重智慧與創意的文化事業」為信念。

靜靜的生活 / 大江健三郎著；張秀琪譯. – 二版. – 臺北市：時報文化, 2022.1
面；　公分. –（大師名作坊；185）
譯自：静かな生活
ISBN 978-957-13-9856-3

861.57　　110021385



ISBN 978-957-13-9856-3
Printed in Taiwan